아지랑이 데이즈 V

-the deceiving-

KAGEROU DAZE

진(자연의적P) 지음
시즈 일러스트
이수지 옮김

목차

야화 디세이브 0

"……아니, 아니, 아니, 정말이라니까. 이런 거짓말을 해서 뭐하겠어."

내가 그렇게 말하자 소녀는 미심쩍어하는 표정을 지었다.

아마 나를 의심하고 있겠지.

……의심하는 것이 현명하다.

특히 나처럼 사람 눈을 속이는 것이 특기인 사람을 대할 때는 실로 현명한 행동이라고 할 수 있겠다.

"믿어주지 않을래……? 나는 단지 너의 원래 몸이 있는 곳까지 데려다주고 싶을 뿐인데."

내 말에 소녀는 결코 고개를 끄덕이지 않았다.

뭐, 그렇겠지.

이렇게 수상쩍은 말투를 사용하고 있으니 당연하다.

물론, 이런 말투를 사용하는 데는 이유가 있다.
나도 딱히 미움받고 싶어서 이러는 게 아니다.
단지 「자신도 믿을 수 없는 나」를 항상 누군가가 의심해 주길 바라기 때문이다.

나는 나를 모른다.
무엇을 좋아하고, 무엇을 싫어하고, 뭘 하고 싶고, 왜 여기 있는지.
내 진짜 알맹이가 어떤 녀석인지 전혀 모르겠다.
그렇기에 그런 녀석이 말하는 것을 믿지 않았으면 한다.
의심하고 부정하며, 원한다면 파괴해도 좋다.
그렇게 해서 그곳에서 얼굴을 내민 『진짜 자신』을 나는 새삼스레 확인하고 싶은 것이다.

……그렇다고는 해도 이 또한 『거짓말』일지도 모른다.
거짓에 거짓을 되풀이한 나머지 본심이 전혀 보이지 않게 되어 곤란하다.

하지만 이 아이는 정말 좋은 아이다.
사람을 의심하는 올곧고 강한 『자아』를 지니고 있다. 샘

날 정도다.

“……그럼 말이야, 이렇게 하자. 너를 그곳까지 데려다주는 동안, 내가 지루하지 않을 만한 이야기를 들려줄게. 지루하면 어딘가로 가버려도 상관없어.”

소녀는 아직 의심 가득한 얼굴을 하고 있다.

그래, 그걸로 됐어.

“아— 이상한 이야기는 아니야. 대수롭지 않은 신세타령이지. 대단한 이야기는 아니지만, 심심하지 않게 해줄게.”

“……재미있는 이야기 하나 듣는 셈 치고, 어때?”

어느 날 옥상에서

“그래서 말이야. 하루카가 그걸 전부 다 먹어버린 거 있지. 의사가 그러지 말라고 했는데! 『맛있으니까 괜찮아~.』라고 말하는 거야.”

씩씩거리며 떠들던 타카네 씨는 그렇게 말하더니 한숨을 쉬었다.

산들바람이 기분 좋게 불어오는 오후의 옥상.

빈틈없이 깔린 콘크리트 블록은 화창하게 내리쏟아지는 봄볕에 서서히 열기를 품었다.

그곳에 앉아 타카네 씨의 이야기를 듣기 시작한 지 벌써 10분은 지난 것 같다.

“아하하. 항상 고생하시는 것 같네요. 타카네 씨.”

무난하게 대꾸하자, 타카네 씨는 “아~ 말하다 보니 다시 화나기 시작했어."라고 말하며 미간을 찌푸렸다.

타카네 씨는 이 고등학교의 2학년이며 양호(養護)반에 소속되어 있는 여학생이다.

좋아하는 음식은 방어 무조림이고, 싫어하는 음식은 토마토.

특기는 게임이고, 취미도 게임이며, 하루 일과도 게임인 전형적인 게이머다.

형제는 없고 부모님은 해외에서 일하시는 것 같다. 그래서 할머니와 둘이 사는 모양이다.

타카네 씨의 그런 수많은 특징 중에서도 가장 큰 특징은 「항상 짜증을 내고 있다는 것」이다.

지금도 잠시 푸념을 늘어놓았을 뿐인데 몹시 짜증 나는 모양이다.

솔직히, 기분이 나빠질 정도라면 화가 나는 이야기는 굳이 하지 않는 게 나을 거라 생각한다.

하지만 그렇게 할 수 없는 것이 「소녀의 마음」이라는 것이겠지.

뭘 숨기겠나. 타카네 씨는 동급생인 「하루카」라는 남학생을 좋아하는 것이다.

아니, 본인이 그렇게 공언한 것은 아니지만 매번 "하루카가 말이지~." 하고 푸념을 듣는 처지로서 그 정도는 헤아려야만 하겠지.

그런 점에서 타카네 씨의 푸념은 애정 표현으로 생각하며 들을 필요가 있었다.

괜히 “지독한 녀석이네요~.”라고 말해서 타카네 씨의 역린을 건드리면 귀찮아진다.

그래, 귀찮은 일은 가능한 한 피하고 별 탈 없이 생활해야만 한다.

이것이 이 학교에서 지낼 때 가장 조심해야 하는 부분이다.

“그나저나 이 녀석들 너무 늦는 거 아냐? 정말이지, 점심 사 오는 데 뭐가 이렇게 오래 걸리는 거야.”

“음~ 매점이 붐벼서…… 그런 거 아닐까요?”

그렇게 말하니 타카네 씨는 “어~떨는지~.”라고 말하며 코웃음 쳤다. 정말 속이 비뚤어지고 심술궂은 사람이다.

뭐, 나도 그렇게 남 말할 처지는 아니지만.

타카네 씨는 옥상과 아래층을 잇는 계단으로 통하는 철문을 응시하다가, 문득 뭔가가 떠오른 듯 천천히 입을 열었다.

“……그렇지. 지금 녀석들이 자리를 비운 김에 잠깐 묻고 싶은 게 있는데—.”

"네, 뭔데요?"

"아니, 음~. 뜬금없는 질문일지도 모르겠지만……."

타카네 씨는 불안한 눈빛과 의미심장한 말투로 그렇게 말했다.

도대체 뭘까. 또 푸념이라도 늘어놓으려는 걸까.

"……아야노, 좋아하는 사람…… 있어?"

생각지도 못한 질문이라 조금 놀랐다.

타카네 씨는 틀림없이 그런 것에 무심한 타입이라고 생각했는데…….

"조, 좋아하는 사람이요? 갑작스러운 질문이네요."

"어?! 아, 그래?! 아니, 말하고 싶지 않으면 안 해도 전혀 상관없어! 아하, 아하하하!"

타카네 씨는 매우 당황하면서 뒤집힌 목소리로 그렇게 말했다.

뭘 그렇게 당황하는 걸까. 바보 같다.

"아니 아니, 별로 상관없어요. 저…… 좋아하는 사람이 없거든요."

그렇게 말하자 허둥지둥 당황하던 타카네 씨가 움직임을 딱 멈추고 눈을 동그랗게 떴다.

"왜, 왜 그러세요? 제가 뭔가 이상한 말을 했나요?"

"아, 아니, 딱히……."

타카네 씨는 그렇게 말하더니 "아하하……." 하고 어물거렸다. 그 모습을 보아하니 어떤 대답을 원했던 건지 쉽게 상상이 갔다.

아마 그 녀석을 좋아한다고 말하길 바랐던 것이겠지.

……그렇게 생각하니 기분이 무거워졌다.

가능하다면 집으로 서둘러 돌아가고 싶을 정도다. 물론 그럴 수는 없지만.

"그렇다 치더라도 정말 늦네요. 빨리 돌아오면 좋겠는데……."

어떻게든 화제를 바꾸려고 그런 말을 꺼냈다.

그러자 타카네 씨도 "정말 뭘 하고 있는 길까? 엄청 배고파~!"라고 말하며 응해주었다.

……그 녀석들은 이제 몇 분만 지나면 점심을 가지고 이곳에 나타나겠지.

그렇게 되면 다시 여러모로 신경 써야만 한다. 정말 성가신 일이다.

특히 그 녀석의 얼굴 따위 솔직히 별로 보고 싶지 않았다.

어떻게 해도 그 녀석은 처음 만났을 때부터 이유 없이 싫었다.

바로 그때 찰칵하고 문손잡이를 돌리는 소리가 들렸다.

"으아~! 늦어서 정말 미안! 배고프지~?"

"어쩔 수 없죠. 엄청 붐볐으니까."

문이 열리고 두 사람의 목소리가 날아들어 왔다.

생각보다 빨랐지만, 뭐 상관없다. 오늘도 계속해서 위화감 없이, 별 탈 없이 지내도록 하자.

작게 숨을 들이쉰 뒤 **나(僕)[#1]는 미소 지으며 이렇게 말했다.**

"어서 와, 신타로."

#1 나(僕) 일본에서 僕(ぼく, 보쿠)는 보통 남자가 자신을 지칭할 때 사용한다.

야화 디세이브 1

"……역시 꽤 아프네."

욱신거리고 쑤시는 통증에 나는 무심코 얼굴을 찡그렸다.

통증의 근원인 오른뺨에 손을 대니, 화끈거리는 열기가 차가운 손끝에서 뇌의 중추 신경으로 전해졌다.

분명 열한 시쯤 얻어맞았을 것이다.

그로부터 벌써 몇 시간이나 지났는데, 통증이 가라앉기는 커녕 오른뺨이 점점 더 달아오르며 부어오르는 것 같았다.

"정말, 성가시네—."

분명 냉동실 안에 어머니가 사 온 케이크에 붙어 있던 아이스 팩이 있을 것이다.

그것을 대면 붓기도 어느 정도 가라앉지 않을까.

멍이 남으면 여러 가지로 귀찮아진다.

예전에 이웃집 아줌마들이 "어쩌다 다쳤니?"라느니 "누가 그랬니?"라고 꼬치꼬치 캐물었을 때는 정말 최악이었다.

그때처럼 이상한 녀석들이 다시 집으로 몰려온다면 정말 견딜 수 없을 것이다.

정말이지, 내버려 뒀으면 좋겠는데 녀석들은 왜 남의 일에 참견하고 싶어 하는 걸까.

애당초 이런 상처는 내게 별문제가 되지 않는다.

그래, 정신적 피로에 비하면 통증 따위는 별거 아니다.

가라앉는 기분을 전환하기 위해 "후—." 하고 작게 한숨을 쉰 뒤, 앉아 있던 벤치에 등을 툭하고 기댔다.

머리가 익을 것만 같았던 한낮의 열기도 누그러들어서 오후의 공원은 어느샌가 한산해지기 시작했다.

머리 위로 펼쳐진 푸른 하늘은 해가 질 기미가 보이지 않았지만, 태양에 구름이 엷게 끼어 어둑해진 덕분에 조금 전에 비해 열기가 약간 수그러들었다.

약 한 시간 전까지만 해도 미끄럼틀을 누비며 모래밭을 휘젓고 다니던 아이들은 어디로 갔을까.

이제 와서 보니 철봉에서 미친 듯이 거꾸로 오르기를 연습하던 여자아이 한 명을 빼고는 모두 하나같이 그 모습을 감춰버렸다.

그도 그럴 것이다.

흘끗 쳐다보니 공원 안에 설치된 태양 전지로 돌아가는 시곗바늘은 오후 다섯 시를 지나고 있었고, 소리가 그친 사이렌의 여음도 사라진 참이었다.

아이들은 아마 어디의 누가 정했는지 모를 이 「규칙」에 따라 사라진 것이겠지.

어른은 규칙을 깨는 아이에게 몹시 민감하다. 그 점을 생각하면 손에 손을 맞잡고 돌아간 그들의 판단은 실로 현명하다고 할 수 있다.

애초에 우리가 사는 이 세상은 어른들이 만든 「규칙」이라는 이름의 토대 위에 성립되어 있다.

반기를 들고 나서는 것은 완전 자살행위나 마찬가지다.

살아가는 방법도 모르는 아이들인 우리가 어른에게 반항하며 흐느껴 울어봤자 세상은 조금도 변하지 않는다.

당연하게도 지금 이 세상을 누리며 막연한 생각으로 오늘을 떠도는 내 생활이 바뀔 낌새는 전혀 보이지 않았다.

……아니, 그렇지도 않은가.

그래, 어제는 왼뺨에 새겨졌던 통증이 오늘은 오른뺨으로 이동했다.

이렇게 시시한 것이라도 「변화」라고 볼 수 있을지도 모른다. 다만 시시한 일이라는 것에는 변함이 없지만.

내가 생각해도 나는 비뚤어진 녀석이다. 뭘 다 달관한 것처럼 구는가 싶기도 하다.

하지만 친구도 없이 집에서 홀로 저속한 미디어를 접할 일이 많은 처지다. 비슷한 또래의 아이들보다 좀 더 많은 지식을 갖추고 있다 해도 별로 이상하지 않겠지.

어쨌든 나는 오늘도 대부분의 아이들과 다르지 않은 미숙한 사상 아래, 어머니가 정한 「규칙」을 계속해서 지켜나가고 있었다.

이렇게 하루 종일 공원에서 다른 아이들 속에 뒤섞여서 시간을 보내는 것도 그런 규칙 중 하나이다.

아침에 일을 마치고 돌아온 어머니를 위해 목욕물을 데우고 식사를 만든 뒤에, 평소처럼 공원으로 나왔다.

그곳에서 어머니가 저녁에 일하러 나갈 때까지 시간을 보내고, 부탁받은 물건이 있으면 쇼핑을 한 뒤에 집으로 돌아가서 방 청소를 하고 잠을 잔다.

이렇게 몇 가지 규칙을 지키는 것이 내 역할이자 내 전부였다.

이렇게 생각해보면 지극히 간단한 일뿐이지만, 아무래도 나는 요령이 없는 모양인지 어머니를 항상 화나게 만들었다.

어제는 두루마리 휴지 사는 것을 잊어버려서 어머니를 화나게 했고, 오늘은 컵을 깨뜨려버려서 어머니를 또 몹시 화나게 만들었다.

어머니는 화가 나면 매번 어김없이 나를 때리지만, 때리는 어머니의 손 또한 나와 마찬가지로 아프겠지.

무엇보다도 나를 때린 다음에 사과하며 눈물을 흘리는 어머니의 얼굴이 거북했다.

하지만 잘하려고 하면 할수록 매일 뭔가가 헛돌았다.

어떻게든 어머니를 기쁘게 하려고 해도, 결과는 왠지 항상 정반대로 나오니 이상하다.

그러고 보니 이전에 거실에 있는 TV 리모컨이 고장 났을 때, 어머니는 몹시 화를 내며 "이 불량품이—!"라고 말한 뒤 그 리모컨을 쓰레기통에 처넣었다.

정해진 일을 지키지 못하고 쓸모없어지는 것이 「불량품」이라는 것을 나는 그때 처음으로 배웠다.

그렇게 생각하니 저 「불량품」과 「나」는 많이 닮은 것 같았다.

그렇지 않아도 일 때문에 지친 어머니를 매일같이 화나게 하고 슬프게 만드는 것밖에 하지 못하는 나는 정말 저 「불량품」과 조금도 다를 바 없지 않은가.

그렇다면 어머니는 왜 나를 버리지 않는 걸까.

저 「불량품」을 버렸을 때와 마찬가지로 쓸모없는 나를 버리고 새로운 것으로 바꿀 수도 있지 않을까.

모르겠다.

나는 어째서 매일 어머니를 슬프게 만드는 일밖에 할 수 없을까.

어머니를 슬프게 만들기만 하는데, 「나」는 왜 태어난 것일까.

애초에 어머니는 무엇을 위해 나 같은 걸…….

그렇게 생각하니 갑자기 가슴속이 꽉 조이는 것처럼 아팠다.

이제 아파도 흐르지 않던 눈물이 바라지도 않았는데 눈 안쪽에서 질금질금 솟아 나왔다.

위험하다. 울면 안 된다. 다른 생각을 해야만 한다.

이런 모습을 다른 사람이 보면 또 무슨 말을 들을지도 모른다.

예전처럼 다시 어머니에게 폐를 끼치고, 설상가상으로 함께 지낼 수 없게 된다면…….

최악이다. 견딜 수 있을 리가 없다. 나는 어머니가 없는 세상을 도저히 생각할 수 없었다.

앞으로 한 시간.

어머니가 잠에서 깨어나 일하러 갈 때까지 한 시간, 이곳에서 꼼짝 말고 조용히 있자.

그 다음에 깨뜨려버린 컵을 대신할 만한 것을 사서 집으로 돌아가 얌전히 지내자.

우선 이 「규칙」을 지키면, 오늘은 어머니를 더 이상 슬프게 만들지 않을 수 있다.

그렇게 하면 내일은 분명…….

……분명, 어떻게 되는데?

그런 의문이 머릿속에 떠오른 찰나 "윽!" 하고 울린 작은 비명에, 나는 퍼뜩 정신이 들었다.

깜짝 놀라 소리가 난 곳을 보니, 조금 전까지 철봉과 씨름하고 있던 예의 그 여자아이가 땅바닥에 대자로 뻗어 있었다.

놀라서 눈여겨봤지만 그녀는 전혀 일어날 낌새를 보이지 않았고, 그저 양손을 벌린 채 계속 허공을 올려다보고 있었다.

도대체 뭘 어떻게 하다가 지금 저런 상황에 놓인 것일까.

아무리 쓸모없기 짝이 없는 나라도 굳이 그 이유를 골똘히 생각할 정도로 망가진 것은 아니었다.

"잠깐, 너!"

무심코 소리를 질렀지만 돌아오는 대답 없이 짧은 메아리만이 공원 안에 울려 퍼졌다.

잇따라 찾아온 불길한 정적에 뭐라 말할 수 없는 오한이

느껴졌다.

"위, 위험해……!"

나는 견딜 수가 없어서 자리에서 일어나 있는 힘껏 땅을 찼다.

너무 갑작스럽게 일어난 「긴급 사태」를 앞에 두고 굼떠서 신뢰할 수 없는 내 머리는 아니나 다를까 정말 보기 좋게 허둥대기 시작했다.

지금까지 TV나 라디오에서 보고 들은 「최악의 사태」가 무서운 기세로 머리를 가득 메워갔다.

만약 지금 눈앞에서 벌어지고 있는 「이 일」이 그때 브라운관 저편에서 방수포로 둘러싸인 비참한 사건과 똑같은 상황이라면.

이 순간순간에 얼마만큼의 무게가 있을까.

소녀가 씨름하고 있던 철봉은 높이가 별로 높지는 않았지만 문제는 떨어진 방식이었다.

세상에는 의자에서 떨어졌을 뿐인데도 큰 부상을 입은 사람도 있다고 한다.

그것이 놀이 도구라 하더라도 잘못 부딪치면 무슨 일이 생겨도 이상하지 않다.

"아무리 그래도 왜 하필 나인 거야……."

주변을 둘러봤지만 눈길이 미치는 범위에 어른의 모습은 보이지 않았다.

갑자기 떠맡은 너무나 중대한 역할에 심장이 터져버릴 것만 같았다.

하지만 망설이고 있을 시간도 없거니와 떨고 있을 여유도 없었다.

잇따라 지면을 차며 악동들의 손에 무참하게 거칠어진 모래밭을 뛰어넘자, 여전히 쓰러져 있는 소녀의 모습이 바로 코앞에 있었다.

하다못해 대단한 상처가 아니었으면.

그런 소망을 담아 다시 혼신의 힘을 다해 한 발 내딛으려는 순간…….

그때까지 꼼짝도 하지 않던 소녀가 갑자기 벌떡 일어났다.

소녀는 세미 롱 검은 머리카락과 색깔을 맞춘 듯한 칠흑의 눈동자에 눈물을 글썽거리며 멍한 표정으로 나를 바라봤다.

아— 다행이다. 아무래도 치명상은 아니었던 모양이다. 피도 나지 않는 모양이고 얼굴색도 좋아 보인다.

겉보기에 꽤 반듯한 얼굴이었다. 분명 장래에는 그녀에게 첫눈에 반한 좋은 남자와 함께 행복한 가정을 이루겠지.

우와— 정말 흉터가 남을 만한 상처가 아니라서 다행—.

우둑 하는 이상한 소리와 함께 오른쪽 발목에서 전류가

흘렀다.

물론 이 열 손가락으로 꼽을 수 있을 정도의, 불면 날아갈 듯한 인생 속에서 전류에 감전된 경험 같은 게 있을 리도 없지만, 그렇게 표현해도 무방할 정도의 통증이 단숨에 머리 꼭대기까지 꿰뚫고 지나갔다.

아— 그랬다.

분명 불과 1초도 안되는 시간 전에, 혼신의 힘을 다해 발을 내딛었던 것이다.

소녀의 용태와 앞날을 너무 걱정한 나머지 아무래도 터무니없는 각도로 발을 내딛은 모양이다.

빠른 속도로 움직이던 상체가 몸을 떠받치고 있던 다리를 중심으로 굉장한 기세로 지면을 향해 깊이 파고들어 갔다.

다음 순간에 일어날 사건을 상상하기란 어렵지 않았다.

아— 소녀여, 하다못해 빤히 쳐다보지는 말아줘.

"우와아아아아아—!"

마치 엄선하기라도 한 것 같은 한심한 비명을 지르면서, 거기에 연습이라도 한 것처럼 기묘한 포즈로 공원 땅바닥에 넘어졌다.

이것이 이른바 버라이어티 방송의 기획 코너였다면 안방에서 지켜보던 사람들은 대폭소를 금치 못하겠지.

아니, 차라리 웃어주는 편이 더 고마울 것이다.

웃기는커녕 아무 소리도 들리지 않는 정적에 휩싸인 공원 한복판에서 나는 쭈그리고 앉은 채 일어날 타이밍을 완전히 놓쳐버렸다.

몸도 다리도 상당히 아팠지만 말할 것도 없이, 중요한 것은 그게 아니었다.

문제는 그것을 밀어낼 정도의 고통을 수반하는 「수치심」이라는 이름의 저속한 감정이었다.

생각해보라. 느닷없이 뛰어 들어온 사람이 눈앞에서 기묘한 비명을 지르며 화려하게 슬라이딩했다면 어떻게 생각할지.

……아니, 아웃이다. 두려울 정도다.

아— 터무니없이 경솔한 생각으로 쓸데없는 짓을 하지 않았으면 좋았을걸.

어떡하지. 여기서는 냉큼 고개를 들고 쏜살같이 달아나야만 하나.

아니, 안 된다. 조금 전에 우둑 하는 소리가 들렸던 다리로는 제대로 빨리 움직일 수 있을 리 없다.

틀림없이 다리를 질질 끌며 몸부림치는 듯한 동작으로 기분 나쁘게 달리게 되겠지. 이 이상 소녀의 순수한 기억에 쓸데없이 어두운 부분을 늘려서 어쩌겠다는 거냐.

역시 이대로 시간이 흘러가는 것을 기다리기로 할까.

아무 변명도 하지 않고 소녀의 기억 속에서 영원히 「수수께끼의 기분 나쁜 슬라이딩 자식」으로 계속 남는 것은 솔직히 골치 아프지만, 이런 상황이니 포기하자.

아— 이제 그걸로 됐으니까 시간이여 빨리 흘러가다오.

"저기, 괜찮아?"

괜찮을 리 있냐.

온몸이 다 아프고 부끄러워서 내가—.

"어?!"

고개를 드니 소녀가 눈앞에서 손수건을 내밀고 있었다.

조금 전에 고여 있던 눈물은 커다란 두 눈에서 사라져 있었고, 표정을 보니 나를 어딘가에 신고할 생각도 없는 모양이었다.

"어, 어어! 완전 괜찮아! 가볍게 넘어졌을 뿐이니까……. 아, 아하하……."

허둥지둥 상체를 일으키며 급히 미소 지었다.

나를 싫어하지 않는 것은 고맙지만, 그렇다고 해서 이 소녀 앞에서 보기 좋게 넘어졌다는 사실이 변하지는 않는다.

내 수치심은 손을 내밀어 줬다고 해서 넙죽 도움받을 정도로 가볍지 않았다.

소녀는 허둥지둥 얼버무리는 내 모습을 보고 노골적으로 물음표를 띄웠다.

"그렇지만, 그렇지만, 가볍게 넘어지는 정도가 아닌 것 같았는데? 굉장히 아파 보였고—."

소녀의 순진무구한 질문이 기름처럼 수치심을 활활 불태웠다.

아— 그래. 말씀대로 조금 전의 녀석은 틀림없이 인생에서 베스트 3에 들어갈 정도로 크게 넘어진 것입니다.

"저, 정말 괜찮다니까! 사실 나는 매일 이런 식으로 넘어져서 익숙하거든."

아니, 그런 녀석이 있겠냐. 그랬다간 사흘 만에 죽을걸.

배려와 새빨간 거짓말이 몹시 서툴게 뒤섞이니 소녀는 내 대답에 더욱 의심스럽다는 표정을 지었다.

"평소에도? 음~ 뭔가 숨기는 것 같은데……."

소녀는 내 얼굴을 수상쩍어하는 표정으로 뚫어지게 내려다보았다.

"아, 아하하……."

위험하다. 이 이상 계속해도 무덤을 팔 뿐이다.

그보다 이 아이는 꽤 집요하구나.

조금 전까지 땅바닥에 드러누워 있었던 것은 뭐였던 거냐. 쌩쌩하잖아.

이렇게 팔팔하니 「너를 도와주려다 자빠진 거야.」라고는 입이 찢어져도 말할 수 없다.

좋지 않은 예감이 들었다.

이미 엉망이 되었지만, 이 이상 쓸데없이 엮이면 더욱더 귀찮아질 것이 틀림없다.

“기분 나쁘게 슬라이딩하다가 다친 애가 있어.”라는 말을 퍼뜨리고 다니면 그거야말로 큰일이다.

시간도 시간이다. 다소 기분 나쁜 녀석으로 보이더라도 얼른 떠나보내자.

정신적인 타격을 약간 받을지도 모르지만, 깨끗이 물러나게 만들기 위해서다. 어쩔 수 없다.

“……후우. 알았어. 진실을 말해줄게.”

내가 한숨을 쉬며 말하자, 소녀는 어리둥절한 표정을 지었다.

“지, 진실?”

“그래. 사실은 말이지…….”

살짝 부끄러운 마음에 무너질 것 같았지만, 나는 그것을 겉으로 드러내지 않기 위해 대담하게 미소 지으며 다음 대사를 겨우 짜냈다.

“조금 전엔 말이지, 필살기를 연습하고 있었던 거야. 한 방에 이런 식으로…… 위험한 녀석들을 쓰러뜨릴 기술 말이야.”

침묵.

그것은 기분 나쁜 침묵이었다.

마치 시간이 멈춘 것처럼 공원에서 소리가 사라졌고, 그 상황은 희대의 위험한 녀석으로 전락한 내 라이프 게이지를 순식간에 깎아 갔다.

자, 떠나라. 내 얼굴이 타버린 벌판이 되기 전에 떠나는 것이다.

그리고 오늘 일은 후딱 잊고 돌아가서 저녁을 먹은 뒤 잠들고, 연애를 하며 행복한 인생을 보내다오.

하지만 서둘러 떠날 것이라는 내 예상과는 다르게 소녀는 예상외의 반응을 보였다.

"여, 역시 그랬구나!"

그 말과 함께 소녀의 표정에서 호기심이 눈부실 정도로 빈찍반짝 소리 내며 흘러넘쳤다.

"……어?"

"그, 그그그, 그렇지 않을까 싶었어! 괴, 굉장해! 과연, 그렇구나……! 필살기 연습이라면 다른 사람에게 함부로 말할 수 없는 법이지?"

나는 조금 전에 비해 다섯 배 이상으로 적극적이 된 소녀를 견딜 수가 없어서 "으, 응?! 글쎄?" 하고 긍정인지 부정인지 애매한 대답을 했다.

이 아이는 도대체 어디에 반응하는 거야?

헛스윙 삼진으로 물러날 셈이었지만, 이래서는 장외 홈런을 날린 격이잖아.

소녀는 멈칫하는 나도 개의치 않는 태도로 몸을 쓱 내밀며 주변을 힐끔힐끔 둘러보는가 싶더니, 다시 묘한 말을 했다.

"시, 실은 비밀인데, 나도…… 그렇거든."

"아니, 미안, 무슨 소리야?"

소녀가 쓱 다가온 거리만큼 물러나면서 그렇게 묻자, 소녀는 다시 주변을 둘러보더니 더욱 목소리를 낮추며 말했다.

"필살기 말이야! 필살기 연습."

소녀의 표정은 진지 그 자체였다.

하지만 그런 표정을 지은 것이 보람 없게도, 발언의 내용은 빈말로도 진지하다고는 생각할 수 없었다.

"헤? 연습? ……그거, 혹시 조금 전 철봉에 거꾸로 오르던 걸 말하는 거야?"

짚이는 건 그것밖에 없었다.

하지만 아무래도 난 또다시 클린 히트를 날린 모양이다. 소녀는 "헉!" 하고 충격받은 표정을 지으며 "여, 역시 아는구나!" 하고 콧김을 거칠게 내뿜었다.

알고 말고 할 것도 없이 거꾸로 오르기를 모르는 사람 쪽이 이상한 거겠지.

그보다 그것과 「필살기」가 무슨 관계가 있다는 거야.

아니, 잠깐. 설마 이 아이…….

"호, 혹시 너, 거꾸로 오르기가 필살기 같은 거라고 생각

하는 거야……?"

"응, 아빠가 말했어. 『거꾸로 오르기를 하면 대부분의 적은 불타 죽는다.』라고."

터무니없는 말을 하면서도 소녀의 눈은 여전히 의심하는 기색이 없었다.

"조금 전에도 성공하기 일보 직전에 실패해버렸지만, 『이미지 트레이닝』도 했으니까 다음엔 될 거야."

"그렇구나……."

아— 과연, 그런 건가.

그 부상자 흉내는 소녀 나름의 이미지 트레이닝이었던 건가. 그래, 그렇구나.

"……나, 이제 돌아가도 될까?"

아마 내 표정은 이미 미소의 「미」 자조차 사라진 채, 창백한 빛을 띠고 있겠지.

아니, 무리도 아니다.

소녀를 상대한 요 몇 분 사이에 도대체 에너지를 얼마나 소비했는지.

대략 몇 개월 동안 활동할 수 있는 에너지를 소비한 기분도 든다.

"어?! 벌써 돌아가는 거야? 모처럼 이것저것 상담할 수 있을 거라 생각했는데……."

참아줘.

소녀에게는 미안하지만, 내 육체에는 이미 필살기 이야기를 꽃피울 체력이 남아 있지 않았다.

전신의 통증과 권태감, 그리고 무엇보다 끝없는 허무함이 당장이라도 내 등 뒤에서 구체화해서 거대한 몬스터가 되어 웬만한 마을 정도는 파괴해버릴 것만 같았다.

"으, 응. 시간도 시간이니까."

나는 미소 지으며 무난한 뉘앙스의 말을 골라 그렇게 대답했다.

소녀는 "으~." 하고 뭔가 말하고 싶은 듯한 신음을 흘렸지만, 역시 이 이상 붙잡으려고 하지는 않겠지.

시계를 보니 시각은 다섯 시 반을 지난 참이었다.

집으로 돌아가기에는 조금 이른 시간이지만, 오늘은 컵을 사 가야 하는 사명도 있다.

거기에 걸릴 시간을 고려하면 이쯤에서 이곳을 떠나는 편이 좋겠지.

삐지 않은 발로 일어나서, 삔 발에 조심조심 체중을 실었다.

예상대로 아프긴 했지만, 아무래도 걷지 못할 정도는 아닌 것 같았다.

만약 힘도 들어가지 않고 일어설 수도 없었다면 소녀에게 무슨 말을 들었을지 상상하기도 싫었다.

"그, 그럼, 난 돌아갈게."

그렇게 말하고 허둥지둥 돌아가려 하자, 소녀는 조금 전과 마찬가지로 "으으~!" 하고 불만을 드러내며 찰거머리 같은 신음을 냈다.

자세히 보니 나를 붙잡고 있는 두 눈에서는 조금 전에는 없었던 물기가 배어 나오기 시작했다.

위험하다. 이 이상 귀찮아지기 전에 이곳을 떠나야 한다.

나는 어렴풋한 죄책감을 잘라버리면서 "하하……." 하고 간살스러운 미소를 지은 뒤, 공원 출구를 향해 다리를 질질 끌기 시작했다.

"저기!"

몇 발자국 나아갔을 때, 등 뒤에서 소녀의 목소리가 울렸다.

뭐야, 뭔가 아직 할 말이 남은 건가.

뒤돌아보니 소녀는 바로 조금 전에 못마땅해하던 표정과는 달리, 부드러운 미소를 짓고 있었다.

"내일 또 이야기하지 않을래?"

소녀의 그 표정에, 그 말에, 나는 뜻하지 않게 얼떨떨해졌다.

그러고 보니 나는 태어난 이래 「내일 약속」 같은 것을 잡아본 적이 있었나.

내가 떠올릴 수 있는 적잖은 기억 속에서 그런 추억은 없었다.

아니 아니, 뭐가 「떠올릴 수 있는」이냐. 나는 어린아이다.

기억이 매몰될 만큼의 시간을 산 것도 아니다.

"응, 여기서 내일 또 보자."

나는 그렇게 말하고 다시 몸을 돌려 공원을 뒤로했다.

굳이 쌀쌀맞게 대답한 것은 왜일까. 나도 잘 모르겠다.

콘크리트 보도를 한 발 내딛을 때마다 삔 발목이 쑤셨지만, 오늘 있었던 사건을 당당히 말하는 그 통증이 지금은 어째서인지 사랑스럽게 여겨졌다.

내일은 아무 데도 아픈 곳이 없었으면 좋겠다고, 그렇게 비뚤어진 생각으로 본심을 숨기면서, 나는 느긋하게 걸어갔다.

*

주변은 어느새가 석양빛으로 물들어 있었다.

손이 저리지 않도록 쇼핑백을 번갈아 바꿔 들면서 한쪽 발을 감싸듯이 계속 걷고 있는 걸 보면, 난 상당한 테크니

션 아닐까.

“정말, 괜찮은 게 있어서 다행이다—.”

가장 가까운 역 근처의 상점가에서 적당한 컵을 고른 나는, 여전히 아픈 발을 질질 끌면서 집으로 돌아가고 있었다.

한창 걸을 때는 발의 통증이 약간 성가시긴 했지만, 집으로 돌아가서 앉아 있으면 문제없겠지.

그보다도 문제는 발의 통증 때문에 오른뺨에 대한 것을 완전히 잊어버렸다는 점이다.

덕분에 컵을 한창 고르는 중에 점원이 “얼굴, 왜 그런 거니?” 하고 물어봤을 때 “저, 그렇게 못생겼나요?” 하고 엉뚱한 대답을 해버렸다.

정말이지, 그 여자애.

내일 만났을 때 뭔가 보복을 해줘야지.

그런 심술궂은 생각을 하면서 묵묵히 걸어갔다.

늘 다녀서 익숙해진 길로 들어가서, 늘 돌아서 익숙해진 모퉁이를 돌고, 기다리는 데 익숙해진 건널목을 지나자 바로 눈앞에 내가 사는 아파트가 보였다.

평소처럼 정문을 지나서 철제 계단을 올라 2층 가장 안쪽 문을 향했다.

그다지 깨끗한 아파트가 아닌 탓인지 지지난달에 이웃 사람이 이사 간 이래, 2층은 거의 방이 비어 있었다.

어머니는 "신경 쓰지 않아도 되니까 편해."라고 말했지만, 한밤중에 홀로 있는 일이 많은 나는 솔직히 약간 불안했다.

뭘 숨기겠나. 나는 유령이나 저주 같은 부류에 굉장히 약했다.

어머니는 그런 것을 아주 좋아하는지 「여름의 심령 특집 방송」이라는 이름부터 소름 돋을 것 같은 방송을 자주 보지만, 그것만은 정말로 그만해줬으면 좋겠다.

특히 요전에 폐(廢)병원으로 잠입하는 방송 같은 건…….

아— 떠올리지 말자. 즐거운 일을 생각하자, 즐거운 일…….

"……즐거운 일이 없구나—. 그다지."

빈집 현관문 세 개를 지나치자, 드디어 우리 집 현관이 보였다.

정확한 시간은 모르겠지만 해의 높이를 보니 대략 평소와 비슷한 시간에 집으로 돌아온 것 같았다.

……단지, 평소와 다르지 않았던 것은 정말로 그것뿐이었다.

"어라, 문이 열려 있네."

가까워진 우리 집 현관문은 부주의하게 반쯤 열려 있었다.

문이 여닫히는 상태가 별로 좋지 않은지 원래 꼭 닫지 않으면 잘 닫히지 않지만, 그런 것은 당연히 어머니도 알고 있을 것이다.

"급하게 나갔나."

나는 딱히 신경 쓰지 않고 문손잡이를 잡았다.

문을 열고 고개를 들 때까지 「내일 집을 나갈 때는 조심해야겠다.」 같은 지극히 시시한 생각을 하고 있었던 나는 한없이 구제할 길 없는 엄청난 바보 자식이었다.

고개를 드니 짙은 주황빛으로 물든 방 안에 어른 두 사람이 있었다.

한 사람은 잘 아는, 일할 때 입는 예쁜 옷차림의 내 어머니.

다른 한 사람은 본 적 없는 꾀죄죄한 차림에 마스크를 쓴 몸집 큰 남자였다.

"……어."

어머니는 왜 일하러 나가지 않았을까.

집에 사람을 들이는 것을 극도로 싫어하는 어머니가 이런 남자를 초대한 것일까.

그렇다면 왜 어머니는 더러운 수건으로 재갈이 물린 채

손이 묶인 상태로, 눈물을 흘리며 가로누워 있을까.

왜 이 남자는 어머니가 소중히 했던 액세서리를 지저분한 손으로 꽉 쥐고 있을까.

그 답은 쉽게 상상이 갔다.

다만, 그런 것을 깨닫기에는 이미 모든 것이 손쓸 수 없을 정도로 너무 늦은 상태였다.

소리도 없이 다가온 남자의 오른손이 내 멱살을 잡고 엄청난 힘으로 방 안으로 냅다 던졌다.

"컥!"

몸도 가누지 못하고 등부터 있는 힘껏 바닥으로 내동댕이쳐지고, 입에서는 거친 숨이 터져 나왔다.

순간 마치 몇 대나 되는 카메라의 플래시를 받은 것처럼 눈앞이 번쩍거렸다.

숨을 쉴 수가 없다.

이렇게 괴로운 경험을 한 것은 태어나서 처음이었다.

머리가 공황 상태에 빠지고 일어나기 위해 뻗은 오른손도 부들부들 떨려서 전혀 도움이 되지 않았다.

가로누운 어머니가 부르짖는 듯한 신음을 내고 있었다.

뭐지? 어머니는 도대체 무엇을 향해 부르짖고 있는 거지?

도대체 무엇을…….

몽롱한 머리가 있는 힘을 다해 두 눈을 움직여서 방을 나가려는 남자의 왼손이 쥐고 있는 액세서리에 초점을 맞췄다.

그래, 저것이 틀림없다.

저 액세서리는 어머니가 매일 괴로운 일을 버텨가며 겨우 손에 넣은 것이다.

그것을 이 남자는 어딘가로 가져가려고 하고 있다.

그렇죠, 어머니. 그런 일을 당하면 부르짖을 수밖에 없다.

떨리던 오른손에 아주 잠깐 확실하게 힘이 들어갔다.

오른손으로 바닥을 힘차게 누르며 몸을 일으켜 세웠다.

일어선 나는 그 기세를 살려 남자의 등으로 달려들었다.

"도, 돌려줘…… 그거…… 네 거 아니잖아……."

하지만 나는 중요한 순간에 어이없을 정도로 무력했다.

남자는 칫 하고 혀를 차나 싶더니, 조금 전에 휘둘렀던 완력으로 내 한쪽 손을 뿌리친 뒤 나를 다시 방 안쪽으로 차서 날려버렸다.

"으윽……!"

자세가 기우뚱 무너진 나는 바닥에 엎드린 자세로 쓰러져 버렸다.

숨도 제대로 쉴 수 없는 데다가, 두 눈은 침침해져서 이제 일어설 수도 없었다.

부들부들 떨고 있자 잠시 뒤 부엌 쪽에서 금속이 잘각잘각 부딪히는 소리가 들렸다.

볼 수는 없었지만 울려 퍼지는 어머니의 비명 소리에 그 소리가 무엇을 의미하는지 대략 알 수 있었다.

좀처럼 요리를 하지 않는 어머니가 어느 날 꽤 좋은 나이프 세트를 사 왔던 것을 떠올렸다.

아니나 다를까 그 나이프 세트는 사용되는 일 없이 부엌에 소중히 보관되었지만, 아마 그 나이프들 중 하나겠지.

요컨대 내가 다시 덤벼들기 전에 그 나이프로 나를 찔러 죽일 셈인 것이다.

단번에 찔러버리면 나는 영원히 입을 다물게 될 테니까, 일일이 뿌리칠 수고도 덜 수 있다. 간단한 일이다.

바닥에 뺨을 잘싹 붙인 채 드러누운 나는, 남자의 발소리가 순식간에 가까워져 오는 것을 손바닥 보듯 알 수 있었다.

아마 이제 나는 몇 분도 지나지 않아서 죽겠지. 거기에 별다른 감흥도 감상도 들지 않았다.

그렇다고 해서 이대로 누워 있을 수는 없었다.

숨이 끊어질 것 같았지만, 나는 내가 가진 모든 힘을 짜내서 어떻게든 일어났다.

오늘 하루 이렇게나 험한 꼴을 당했는데도, 이미 몸 어디에서도 아프다는 신호를 보내지 않았다.

정면에 서 있는 남자의 오른손에는 예상대로 새 나이프가

쥐어져 있었다.

설령 지금 내가 양손을 휘두른다고 해도 이 남자를 격퇴할 수는 없겠지.

그렇기는커녕 무슨 짓을 해도 찰과상 하나 입히지 못할지도 모른다.

하지만 그런 짓은 하지 않아도 된다. 이 녀석의 움직임을 아주 잠깐 막을 수만 있으면 된다.

쓰러진 어머니 쪽을 보니, 어머니는 눈물을 흘리며 나를 향해서 뭔가를 외치고 있었다.

어머니, 미안해요. 아마 저 액세서리는 되찾을 수 없을 것 같아요.

보잘 것 없는 바보라서 정말 미안해요.

하지만 어머니만이라도 도망칠 수 있도록 어떻게든 이 녀석을 막을 테니까.

하다못해, 하다못해 마지막으로 한 번만이라도 좋으니까 「이 녀석을 낳길 잘했어.」 하고 생각해줘요.

나는 다시 몸을 돌리고, 양다리에 넣은 힘을 단숨에 해방하여 마주 본 거구의 남자를 향해 온몸을 던졌다…….

……그럴 생각이었다.

한 발 내딛은 순간, 남자의 몸은 이미 벽으로 내던져져 있었다.

남자에게 기세 좋게 몸을 부딪친 어머니의 가슴에는 이제 새 것이 아니게 된 나이프가 깊숙이 박혀 있었다.

나는 그 의미를 잘 알 수 없었다.

고통으로 얼굴이 일그러진 어머니의 뭔가를 호소하는 듯한 눈을 그저 망연하게 바라볼 수밖에 없었다.

남자가 어머니에게서 나이프를 뽑아낸 순간 튀어 오른 선혈과 함께, 내 머리에서 뭔가가 터졌다.

이미 아무 소리도 들리지 않았지만, 나는 뭔가를 외쳤던 것 같다.

다만 내가 뛰어든 뒤 남자에게 배를 단번에 찔리고 짓밟히기까지의 시간은 그렇게 길지 않았을 것이다.

쓰러진 어머니의 옆에 나란히 정렬하듯 드러누운 나는, 차가운 물속으로 가라앉는 듯한 이상한 감각에 사로잡혔다.

어머니는 재갈이 물린 채 눈물을 흘리며 마지막으로 뭔가를 전하려고 하는 것 같았지만, 여태까지 그 진심을 알 수 없었다.

그곳은 모르는 마을이었다.

내가 알고 있는 것은 눈앞에 무엇 하나 보이지 않았다.

올려다본 하늘도 낯선 빛깔이었고, 한없이 펼쳐지는 칠흑 속에 거대한 위성만이 기분 나쁘게 떠 있었다.

그래, 「밤」이다.

나는…… 아니, 우리 같은 「어린아이」는 「밤」을 모른다.

빛이 넘쳐흐르는 낮과는 동떨어진 어른들의 세계.

발을 들여놓아서는 안 되는 어른들만의 세계.

언제나 어머니를 삼키고 데려가 버리는 암흑의 세계.

……나는 「밤」이 정말 싫었다.

한 걸음 나아가니 콘크리트를 쿵쿵 구르는 내 구두 소리가 어두운색의 빌딩 벽에 메아리치며 기분 나쁘게 울려 퍼졌다.

불어오는 밤바람은 상쾌하지 않았고, 뭔가를 속삭이는 듯한 불쾌한 기운을 품고 있었다.

독기를 머금은 네온사인이 시야의 구석에 어른거릴 때마다, 마치 그것이 보면 안 되는 것처럼 느껴져, 견디지 못하고 눈을 돌려버렸다.

기분이 나쁘고, 토기가 치밀어 올랐다.

나는 현기증과 닮은 어찔어찔한 감각에 사로잡히면서도 어디로 이어지는지 모르는 길을 그저 나아갔다.

"너는 이런 곳에 오면 안 돼."

갑자기 누군가가 귓가에 그런 말을 속삭인 것 같았다.

"너는 어린애지 않나. 『밤』에 대해 전혀 모르지. 자, 얼른 돌아가려무나."

"……잘난 척하긴. 당신이 뭘 알아."

"뭐든지 알지. 어른이니까 말이네."

끈적끈적하게 귀에 달라붙는 듯한 그 목소리에, 나는 점점 화가 나기 시작했다.

"어린애 취급하지 마."

내가 그렇게 말하자, 속삭이는 목소리는 쉭쉭하고 기묘한 소리를 냈다.

그것은 웃고 있는 소리로도, 뱀이 입맛을 다시고 있는 소리로도 들렸다.

"너는 전혀 돼먹지 못했지. 헤매고 있는 것이 뻔히 보이는 것을. 알겠는가? 요컨대 너는 가장 중요한 것을 모르고 있단다."

목소리는 딱 달라붙어 있는 것이 아닐까 싶을 정도로 조금 전보다도 더 크게 쉭쉭하고 귓가에서 계속 속삭였다.

"중요한 것?"

내가 그렇게 물어보자마자, 걸음을 멈춘 것도 아닌데 뚜벅 뚜벅 울리고 있던 구두 소리가 갑자기 멈췄다.

놀라서 둘러보니 번들번들 흔들리고 있던 네온사인도, 빌딩 벽도, 떠올라 있던 달조차도 그 모습을 감췄다.

이건 뭐야. 나는 그렇게 외쳤지만, 이미 내 목소리조차 들리지 않았다.

한없이 깊은 어둠. 한 조각의 빛도 비치지 않는 암흑. 겁먹은 내 모습조차 어둠에 녹아버린 것만 같았다.

"너에게는 보이지 않겠지? 여기에 녹아든 『거짓말』이."

속삭이는 목소리는 내 안쪽에서 들려오는 것 같았다.

"어른들은 어둠에 『거짓말』을 섞지. 그렇게 해서 자신의 마음을 지키는 것이란다."

무슨 말인지 이해할 수 없었다. 괴롭고 고통스러웠다. 날 꺼내줘.

"알겠나, 소년. 이것이 『밤』이다. 너희들이 모르는 어른의 세계지."

……어른이란 게 뭔데.
어째서 어머니는 이런 세계를…….

"알고 싶은가? 알고 싶다면 그 순수한 마음을 잊는 게 좋아."

마음을 잊으라고?

"그래. 한없이 고독하고 한없이 어두운 『밤』의 세계에 마음 같은 것은 필요 없지. 필요한 것은 『거짓말』뿐이다."

붙잡고 있던 의식이 점점 몽롱해지기 시작했다.
내가 지닌 모든 것이 어둠에 녹아드는 듯한 감각.
끊어질 것 같은 의식 속에서 마지막으로 들은 그 말만이 스러지는 마음에 배어들었다.

"모든 것을 속여라, 소년."

야화 디세이브 2

여름이 끝났다.

숨이 콱콱 막히는 듯한 더위도, 매미의 울음소리도, 나만 남기고 어딘가로 모습을 감춰버렸다.

나는 오늘도 반쯤 창고처럼 되어버린 방에 엎드려 누워서 아무것도 하지 않고 그저 살고 있다.

어머니가 죽은 뒤, 여기저기를 전전한 내가 다다른 곳이 이 방이다.

나를 떠맡은 이곳의 집주인 부부는 어머니의 먼 친척인 것 같았지만 나와는 혈연관계도 아닌 모양이었고, 관계는 가볍기 그지없었다.

그로부터 두 달.

오직 홀로 남겨진 나는 죽으려는 생각조차 들지 않았다.

살아갈 이유도, 죽을 이유도, 내 모든 것이 어머니가 있기에 비로소 존재했다는 것을 새삼 깨닫게 되었다.
설령 여기서 죽는다고 해도 거기에 무슨 의미가 있을까.
뭘 해도 이제 두 번 다시 어머니와는 만날 수 없으니까 그런 것은 무의미하다.
하지만 내가 어머니의 자식이라는 사실은 여전히 변함이 없다.
남겨진 내가 누군가에게 폐를 끼치는…… 그야말로, 멋대로 죽어서 말썽을 부리거나 하면 어머니를 볼 낯이 없다.
그것은 도저히 견딜 수 없었다.
의미 없는 나날을 그저 평범하게 살아간다.
지금은 그것이 무엇보다 현명한 것 같았다.

위를 보고 드러누워 아무 생각 없이 천장을 바라보고 있으니, 열어놓은 창문에서 바람이 차가운 공기를 방 안으로 밀어 넣었다.
여하튼 언제까지나 이런 상태로 있을 수는 없겠지.
강해지지 않으면 안 되고, 일하지 않으면 안 되고, 밥을 먹지 않으면 안 된다.
무엇보다도 빨리 어른이 되지 않으면…….
「어른」이라는 말이 머리를 스쳐 지나간 순간, 심장 안쪽에서 뭔가가 꿈틀거리는 듯한 기분이 들었다.
오싹해서 일어났지만, 숨도 편하게 쉴 수 있었고 가슴도 아프지 않았다.

“뭘까…….”

창문을 괜히 열었나.

감기나 병 같은 것에 걸린 거라면 굉장히 성가시다.

여기 집주인 부부는 솔직히 나를 그다지 좋게 생각하는 것 같지 않았다.

그런데 열까지 난다면 언짢아할 게 뻔하다.

만일의 경우를 대비하자면 감기약 하나라도 먹어둬야겠지만 어떻게 할까.

그러고 보니 그들이 예전에 시늉을 내는 정도로 안내를 해줬을 때, 감기약이 있는 곳을 들은 것 같다.

장소는 확실하지 않지만, 일부러 알려줬다는 것은 사용해도 괜찮다는 뜻이겠지.

“음…… 물어볼까.”

확인하는 김에 어디 있는지도 물어보면 일석이조다. 더 심해지기 전에 해치워 버리자.

일어나서 방을 나갔다.

고작 복도일 뿐인데도 단정한 구조로 위엄을 풍기는 이 집은, 예전에 살던 아파트와는 비교할 것도 없을 정도로 호사스러웠다.

아니, 그렇게 말하긴 했지만 이 집도 일반 가정의 범주에서 벗어나는 건 아니겠지.

「호사스럽다」는 감상도 내 환경에서 오는 편견일지도 모른다. 「이게 보통이야.」라는 소리를 들으면 대꾸할 말이 없다.

하지만 그렇다 해도 마찬가지다.

입 밖으로 낸 적도 없고 앞으로도 말할 생각은 없지만, 여기저기에 덧붙인 장식이나 현관 홀에 걸려 있는 그림 등은 도저히 고상한 취향이라는 생각은 들지 않았다.

복도를 걷다 보니 어떤 생물을 모방한 것인지도 모를 기분 나쁜 조각상을 대면하게 되었다.

아마 바다 건너 어딘가에서 나오는 토산품 같은 종류겠지.

만든 사람에게는 아무 잘못도 없다는 걸 알고 있지만, 매일 이것을 청소하는 몸으로서는 「좀 더 심플하게 만들 수는 없었나요?」라고 불평 한마디라도 하고 싶다.

조각상을 지나 부엌으로 통하는 문을 열고 안으로 들어갔다.

저녁 식사 시간도 다 되어가니, 아주머니가 부엌에 있으면 이야기가 빨랐을 테지만 아무래도 내 예상이 빗나간 모양이다.

부엌에 아주머니의 모습은 보이지 않았고, 식기세척기에서 꺼낸 산처럼 쌓인 식기들을 보니 저녁 식사 준비도 아직인 모양이었다.

"안 계시나……. 음~ 어떡할까."

역시 아주머니의 방까지 들어가서 약이 있는 곳을 물어볼 정도로 뻔뻔스럽지는 못했다.

그렇다고 여기서 아주머니를 기다리는 것도 조금 기분이 나쁘다.

하지만 운 좋게도 부엌에 들어온 것으로 약이 있는 곳을 들었던 때의 기억이 왠지 모르게 선명해지기 시작했다.

분명 찻장 서랍 안이었을 것이다.

너무 신경 쓰는 것도 기분 나쁘니까 열어보고 맞으면 한 알 먹고 후딱 방으로 돌아가자.

나는 부엌 안쪽에 우뚝 솟아 있는, 이거 참 호사스러운 찻장 쪽으로 발을 내딛었다.

하지만 조용히 다가갔으면 좋았을 것을, 나는 어째선지 산처럼 쌓인 식기에 문득 시선을 돌려버렸다.

가득 쌓인 식기를 아무 생각 없이 바라보니, 휘황찬란한 식기 옆에 깔린 수건 위에 나이프가 한 자루 놓여 있었다.

그것은 그 남자가 어머니를 찌른 나이프와 같은 타입이었다.

등골에 오싹하고 좋지 않은 느낌이 들면서 심장이 작게 뛰어올랐다.

물론 이것은 실제로 어머니의 목숨을 앗아간 나이프가 아니다. 그 증거로 이쪽의 나이프는 오랫동안 사용해서 몹시 낡아 보였다.

천천히 나이프로 손을 뻗었다.

손잡이를 쥐고 들어 올려보니, 꽤 무거웠다.

이 집에 넘쳐나는 다른 도구와 비교해도 전혀 손색이 없다. 분명 비싼 물건이겠지.

"……안 돼요, 어머니. 이렇게 좋은 걸 샀는데 사용하지도 않고 죽어버리다니."

나이프 세트를 사 온 날, 어머니는 드물게도 말이 많았다.

다음 날에는 잊어버린 것 같았지만, "이걸로 맛있는 걸 만들 수 있으니까." 하고 눈을 빛냈던 것을 기억하고 있다.

그런 일을 떠올리자마자 쓸쓸한 마음에 사로잡혔다.

어머니의 얼굴이, 목소리가, 냄새가 머릿속에서 선명하게 떠올랐다.

어머니…….

"꺄아아아아아아아!"

나는 갑자기 울린 비명 소리에 당황했다.

허둥지둥 문 쪽을 보니, 그곳에는 저녁 준비를 하러 온 아주머니의 모습이 보였다.

그 표정은 마치 괴물과 마주치기라도 한 듯 딱딱했고, 공포의 빛 일색이었다.

아뿔싸.

내가 나이프를 들고 서 있는 바람에 놀라게 만들어버렸나.

"아, 죄송해요! 잠시 보고 있었던 것뿐이에요!"

나는 서둘러서 나이프를 수건 위에 돌려놓고 양 손바닥을 아주머니에게 흔들흔들 보여주었다.

물론 덮칠 생각은 조금도 없으니까 이렇게 하는 것이 가장 좋다.

이렇게 해두면 하다못해 조금은 안심하겠지. 섣불리 자극해서 어딘가에 신고하기라도 하면 큰일이다.

그러나.

아주머니는 가슴을 쓸어내리긴커녕 순식간에 얼굴이 창백해지면서 덜덜 떨기 시작했다.

아무리 봐도 심상치 않았다. 뭘 그렇게 무서워하는 거지.

내가 될 수 있는 한 부드럽게 물어보려고 입을 연 순간, 아주머니는 비명에 가까운 음색으로 빠르게 말했다.

"어, 어째서 당신이……. 워, 원한이라도 있다는 거야?"

원한……이라고 말해도 당연히 그런 것은 가지고 있지 않다.

오히려 여기서 지내게 해주어서 감사하고 있을 정도다.

"아니, 저기, 일단 진정하시고……."

아주머니의 말은 이해할 수 없었지만 우선 오해를 풀어야 했기에, 나는 아주머니에게 몇 발자국 다가갔다.

양 손바닥을 계속해서 흔들고 있으니 아무래도 적의가 있는 것처럼 보이지는 않겠지만…….

"히이이익! 오, 오지 마―!"

그런 노력이 허무하게도 아주머니는 그렇게 외치는가 싶더니, 복도 쪽으로 뛰쳐나갔다.

"아―! 잠깐, 기다려달라니까요!"

아주머니는 내가 제지하는 것과 거의 동시에 현관문을 열고 어딘가로 달아나 버렸다.

콰당! 강하게 닫혀버린 문소리만이 호사스러운 저택 안에 허무하게 울려 퍼졌다.

위험하다. 위험해, 위험해, 위험해.

터무니없는 일이 벌어졌다.

그럴 생각은 털끝만큼도 없었는데 엉뚱한 오해를 받은 게 틀림없다.

"어, 어떡하지! 아아아……."

머리를 감싸며 허둥거렸지만, 유감스럽게도 시간이 역행하거나 하는 일은 일어나지 않았다.

아― 나는 또 얼마나 쓸데없는 일을 저질러버린 걸까.

방에 얌전히 있었으면 좋았을걸.

감기를 예방한다는 바보 같은 생각을 하지 않았다면, 이런 일이 일어나지 않았을 텐데…….

욱하는 마음에 나이프를 째릿하고 노려보았다.

이 녀석 탓도 있잖아.

도대체 이 녀석은 내게 몇 번이나 지독한 경험을 안겨줘야 만족할까.

기품 넘치는 칼이 마치 도발하는 듯 반짝거리는 것을 보고 있으니, 어쩐지 괜히 화가 나기 시작했다.

어찌 해보려는 것도 아니었지만, 견딜 수가 없어서 손잡이를 잡았다.

이대로 어딘가에 멀리 던져버릴까. 아니, 팔아버리는 편이 낫다.

이런 속된 망상에 빠진 것도 잠시, 나는 거울 표면 같은 칼날에 비친 자신의 얼굴에 깜짝 놀랐다.

"……하?"

전혀 있을 수 없는 광경에 나는 참지 못하고 나이프를 놓쳤고, 나이프는 그대로 짤그랑하고 바닥에 떨어졌다.

내 얼굴을 찰싹찰싹 만져봤지만, 감촉에 위화감은 들지 않았다. 역시 한 번 더 보지 않으면 확인할 방도가 없었다.

허둥지둥 부엌에서 뛰어나가 악취미인 조각상을 지나 화장실로 뛰어 들어갔다.

순간, 나는 화장실 거울 표면에 비친 자신의 모습에 다시 경악했다.

"어, 어째서?"

거울에 비친 그 모습은 익숙한 내 모습이 아니라 다른 누구도 아닌 어머니의 모습이었다.

이것이 만약 진짜 어머니와 재회한 것이라면 두말없이 달려들어 안겼겠지.

하지만 그런 일이 일어날 리 없다. 어머니는 죽은 것이다.

눈앞의 이상하기 짝이 없는 현상을 두고, 내 머리는 의외로 냉정하게 돌아갔다.

거울 표면에 다가가 볼을 꼬집어보았다.

비치는 얼굴 자체는 틀림없이 어머니의 얼굴이었지만, 손끝에 전해지는 감각은 아무래도 그런 것은 아닌 모양이었다.

계속해서 거울 표면을 찬찬히 바라봤다.

입을 뻐끔뻐끔 벌렸다 오므리자 그 움직임에 맞춰 거울 속 어머니의 입도 같이 움직였다.

이것은 틀림없이 나다.

뭐가 어떻게 해서 이렇게 되었는지 원인은 전혀 상상이 가지 않았지만, 어째서인지 나는 어머니의 모습을 하고 있었다.

그렇게 이해하자마자 머리의 구석에서 딸깍 톱니바퀴가

맞물리는 소리가 들렸다.

조금 전 기이한 소리를 지르며 뛰쳐나갔던 아주머니는 이 모습을 본 것인가.

그렇다면 그런 태도를 취했던 것도 갑자기 납득이 갔다.

저녁 식사를 만들려고 부엌에 들어갔는데 죽었을 터인 친척이 나이프를 들고 서 있었던 것이다.

놀라서 뛰쳐나가도 어쩔 수 없겠지. 뭐, 나였다면 부둥켜 안았겠지만.

어쨌든 이제부터 어떡해야 할까.

이대로 거울을 향해서 「보고 싶었어요.」 하고 말을 거는 것은 지극히 쓸모없는데다 기분 나쁘기 짝이 없다.

그런 짓을 하기보단 우선 한시라도 빨리 원래 모습으로 돌아가야 한다.

아주머니의 저런 태도라면 아마 파출소 같은 곳으로 뛰어 들어갔을 테니, 언제까지나 멍하니 이런 모습으로 있을 수도 없었다.

하지만 「죽은 친척이 부엌에 서 있었어요.」 하고 크게 소란을 피운다고 해서 경찰이 당장 이곳으로 찾아올까.

아니, 그럴 일은 없다. 적당히 대응하는 것이 고작이겠지.

아직 약간의 여유가 있다는 말인가.

다시 거울에 비친 어머니의 얼굴을 말끄러미 바라봤지만,

당연히 원래대로 돌아오는 버튼이 붙어 있는 것도 아닌지라 타개책으로 이어지는 뭔가를 발견할 수는 없었다.

그보다 애초에 나는 언제부터 이런 모습을 하고 있었을까.

처음에 나이프를 집었을 때, 한순간 칼날에 비쳤던 내 얼굴은 틀림없이 나 자신의 모습이었다.

그 직후에 아주머니가 부엌으로 들어와서 비명을 질렀으니까, 나는 불과 그 사이에 이 모습으로 변해버린 것이겠지.

그 한순간에 내가 이 모습으로 변한 이유…….

그렇게 생각하니 짐작 가는 부분이 있었다.

"서, 설마……."

두 눈을 감고 부랴부랴 짐작 가는 것을 시험해보기로 했다.

그 짧은 순간 동안 내가 했던 것.

그것은 어머니의 모습과 목소리와 냄새를 『떠올리는』 것이었다.

그렇다면 한 번 더 『대상』을 『떠올리는』 것으로 원래대로 돌아갈 수 있지 않을까.

하지만.

그런 바보라도 떠올릴 수 있을 만한 방식으로 모습을 쉽게 바꿀 수 있는 세상이었다면, 이곳저곳에서 좀 더 혼란스러운 일이 많이 일어났겠지.

따라서 나는 이 생각에 그다지 기대하지 않았다.

여하튼 집중하자.

모습과 목소리와 냄새를 떠올리자…….

……30초 정도 지났을까.

어느 정도가 적당한 시간인지 알 리도 없지만, 일단 눈을 떴다.

"좋아. ……어어?! 정말로?!"

조금 전까지 거울 저편에 서 있던 어머니의 모습은 깨끗하게 사라져 있었다.

어머니의 모습 다음으로 바뀌어 나타난 것은 두 달 정도 전에 공원에서 만났던 소녀였다.

키와 몸집, 피부색, 인상적인 눈동자, 이 모든 것이 머리 속에 떠올렸던 소녀의 모습과 조금도 다르지 않았다.

"뭐, 뭐야 이거, 굉장해……!"

태어난 이래 뭔가에 대해 이렇게나 「재미있다」고 느꼈던 적이 있을까.

아니, 없었다고 단언할 수 있다.

그 정도로 눈앞에서 일어난 이 현상은 기괴하고 기묘해서 호기심을 더욱 부채질했다.

쓸모없는 짓이라고 생각하면서도 「다음에는 무엇으로 변신할까.」 하는 마음을 억누를 수 없었다.

마치 이 짧은 인생 속에서 쌓여 왔던 「못된 장난을 치고 싶은 마음」이 일제히 솟아 나온 것만 같았다.

거울에 비친 소녀는 마침 「필살기」에 대해 이야기했을 때처럼 눈을 반짝반짝 빛내고 있었다.

그런가, 그때 너는 이런 기분이었던 건가.

그렇다면 그토록 집요하게 달려들고 싶어 했던 것도 납득이 갔다.

그래, 생각해보니 그날 약속을 한 채 결국 소녀와 만나지 못했다.

어딘가에서 다시 만날 수 있다면, 이 힘으로 깜짝 놀라게 해주자.

내가 소녀의 모습으로 세면대 앞에서 폴짝폴짝 뛰어오르고 있을 때, 지택 안에 짤깍하는 시원스러운 소리가 울렸다.

순간 몸이 움찔하고 뻣뻣해지면서 기분 나쁜 땀이 흘러나왔다.

귀를 기울이니 "이 안이에요! 수상한 사람이……." 하고 아주머니의 목소리가 들렸다.

과연, 머리를 썼구나.

「유령이 나왔다」가 아니라 「수상한 사람이 나왔다」고 말해놓고 일단 경찰을 불러들이자는 생각인가.

어느 쪽이든 놀고 있을 때가 아니다.

아니, 처음부터 놀고 있을 때는 아니었지만, 상황이 한층 더 긴박해졌다.

다행히 경계하고 있는 모양인지, 우르르 들어오려는 것 같지는 않았다.

이 틈에 빨리 원래 모습으로 돌아가자. 아무도 없는 것으로 밝혀진다면 아주머니가 빈축을 사게 될지도 모르지만, 지금은 어쩔 수 없다.

나중에 어떤 형태로든 속죄하면 된다.

눈을 감고 눈앞을 어둠으로 메웠다.

될 수 있는 한 집중해서 자신의 본래 모습과 냄새와 목소리를『떠올린다』…….

떠올린다……!

"……전혀 안 되네."

전신에서 땀이 솟아 나왔다.

위험하다. 가장 중요한「나 자신」이 전혀 떠오르지 않았다.

지금까지 인생을 살아오면서 얼마나 자신에게 흥미가 없었다는 것일까.

생각해보면 사진을 찍은 적도 없었고 거울을 보는 습관도 없었다.

덧붙여 말하자면 자신의 목소리에 대해 굳이 신경 쓰지도 않았고 냄새는 더욱 그랬다.

실낱같은 기대를 담아 두 눈을 떴지만, 내 바람이 무색하게도 거울에는 얼굴이 창백한 소녀의 모습이 비치고 있었다.
소녀의 표정은 복도를 삐걱거리며 다가오는 둘 이상의 기척을 깨닫고 더욱 얼어붙었다.
이런 모습으로 경찰에게 붙잡혀 봐라.
소녀의 입장에서 보면 더없이 엄청난 민폐다.
하다못해 다른 누군가로 모습을 바꾸자고 생각했지만, 당장에라도 끊어질 것 같은 머리로는 집중할 수 있을 리가 없었다.

"어, 어쨌든 숨지 않으면……!"
화장실 안에는 욕실이 있었다.
임시방편에 불과하지만 이대로 붙잡히는 것보다는 그나마 낫겠지.
그러기로 정했으면 일단 실행이다.
나는 욕실을 향해 힘차게 발을 내딛었다.
그리고 한 걸음 대딛었을 때 매트 끝을 밟고 기세 좋게 굴렀다.
"아얏!"
허리 부근에 극심한 통증이 밀려왔다.
내 목소리에 반응한 것인지, 바로 근처까지 다가왔던 둘 이상의 기척이 힘차게 화장실로 뛰어 들어왔다.
예상대로 뛰어 들어온 것은 경찰들이었다. 소녀의 모습을 하고 있을 나를 뚫어지게 내려다보는 것을 보고 내 가슴이 얼어붙었다.

나는 소녀에게 뭐라고 사죄하면 좋을까.

그뿐이라면 그나마 낫지만 이런 힘을 가지고 있다는 것이 알려진다면, 나는 틀림없이 이번 소동의 범인으로 지목받겠지.

그렇게 된다면 상상도 할 수 없을 정도로 귀찮은 일이 일어날 것이 틀림없었다.

후회해도 어쩔 수 없었다. 난 얼마나 경솔했던 걸까.

내가 자신의 어리석음에 절망하고 있을 때, 다른 경찰이 주변을 두리번거리며 경계하는 동안 한 경찰이 손을 뻗어 왔다.

"괜찮니? 여기서 도대체 무슨 일이 있었던 거니?"

"아, 아니요, 아무 일도 없었어요. 잠시 넘어져서……."

나는 간단하게 바로 조금 전에 일어난 사실만을 전했다.

"그렇구나. 음…… 너 이외에 다른 사람은?"

나는 몸을 움찔 떨어버렸지만 사실대로 "없는데요……."라고 대답했다.

그러는 동안 경찰의 등 뒤에서 주뼛거리던 아주머니가 얼굴을 슬쩍 비쳤다.

끝났다. 이제 무리다.

아주머니는 이 직후에 낯선 소녀의 모습에 놀라겠지.

그렇게 되면 그 다음은 순조로울 것이다.

어딘가로 끌려가서 조사받고…… 그 다음은 상상하기도 싫었다.

하지만 내 예상과는 정반대로 아주머니는 뜻밖의 말을 꺼냈다.

"슈야. 뭐 하고 있니?"

"네?"

이름을 불리는 것은 별로 이상한 일도 아니지만, 이 상황에서 그 말은 매우 커다란 의미를 지니고 있었다.

허둥지둥 일어나 세면대의 거울을 들여다보니, 그곳에는 원래 모습으로 돌아간 내가 눈물을 글썽이며 서 있었다.

"슈, 슈야? 도대체 뭐 하는 거니?"

나는 아주머니의 말에 대답도 하지 않고 어떻게 원래 모습으로 돌아올 수 있었는지를 생각했다.

"……통증이다."

떠오른 결론은 실로 얄궂은 것이었다.

넘어졌을 때 허리에 밀려온 극심한 통증.

그 통증을 통해 느꼈던 것은 틀림없이 「그리움」이었다.

통증에는 익숙해졌다고 생각했지만, 그것은 커다란 착각이었다.

「통증」이야말로 내가 「나」라고 실감하기 위해 필요한, 유일한 「아이덴티티」였던 것이다.

통증을 느껴야만 자신을 실감할 수 있다니, 내 머리는 얼마나 나에게 흥미가 없는 것일까.

그 자리에 있는 사람들이 나를 걱정스러운 듯 바라보는 동안, 나는 너무나도 시시한 사실에 참지 못하고 웃음을 터뜨렸다.

……자신을 속이고 타인을 착각하게 만드는 능력.

그때의 나는 그런 기분 나쁜 능력과 만난 것을 놀랄 정도로 반갑게 맞이하고 있었다.

야화 디세이브 3

무거운 분위기가 차 안에 가득했다.

난방 덕분에 쾌적한 온도는 유지되고 있었지만, 재치 있는 대화가 오가는 것도 아니어서 굉장히 있기 불편했다.

길가에 늘어선 전봇대의 그림자가 낳는 리드미컬한 명암만이 차 안의 유일한 활기가 될 정도였다.

나는 핸들을 쥔 아주머니가 눈치채지 못하도록 작게 한숨을 쉬었다.

애초에 나는 탈것에 약했다. 아니, 싫다. 엄청 싫다.

그야말로 시소 같은 것이라면 상관없지만 차, 전철 같은 것이 되면 아예 맥을 못 추었다.

그런 것들에 타 본 경험 자체가 적은 탓도 있겠지만, 원래부터 반고리관이 약하기 때문이겠지.

그러고 보니 예전에 어머니의 변덕으로 롤러코스터라는

영문을 알 수 없는 탈것에 탄 적이 있었지만, 그것은 정말로 최악이었다.

속도는 빠른 데다 흔들리고 돌아가지, 결국 타는 의미를 알 수 없을 정도로, 하여간 굉장했다.

한창 좋지 않은 것이 치밀어 올라왔을 때는 「망신당할 바에는」이라는 생각에 자결하는 것도 각오했었다.

다행히 최악의 사태는 일어나지 않고 끝났지만, 도저히 그것을 한 번 더 탈 생각은 들지 않았다.

이러저러해서 집을 나온 지 벌써 40분이 지났다.

차는 곧장 나의 새로운 집이 될 거라는 특별 아동 복지시설을 향하고 있었다.

어떻게 이런 일이 됐냐면, 이유는 여러 가지가 있겠지만 역시 가장 큰 원인이 된 것은 요전에 있었던 하나의 사건 때문이겠지.

내가 처음으로 능력을 사용했던 그날 이후, 아주머니는 나를 노골적으로 피하게 되었다.

물론 내가 기괴한 능력을 지니고 있다는 것은 말하지도 않았거니와 들키지도 않았다.

그럴 테지만 아무래도 아주머니는 까다로운 쪽으로 착각해버린 건지, 이튿날부터 그 호사스러운 집에 자칭 영매사와 엑소시스트라고 하는 사람이 죽치게 되었다.

그 녀석들은 정말 수상하기 짝이 없었지만, 아주머니는 아주 마음에 든 모양인지 녀석들의 영험한 말을 함부로 믿기 시작했고, 그것으로 내 운은 다했다.

예상대로 내가 모든 악의 근원으로 지목된 듯 하고, 그 뒤로는 뭐 짐작대로다.

원래부터 민폐라는 말을 들으면 떠날 생각도 있었고 특별히 그 집에 미련이 있는 것도 아니다.

오히려 자책감이 들었다.

그 사건으로 끼친 폐는 지금의 내가 도저히 다 갚을 수 없는 것이었다.

언젠가 어떤 형태로든 갚고 싶다고 생각하지만, 지금의 나는 그 방법조차 떠올릴 수 없었다.

내가 다시 한숨을 쉰 바로 그때 달리던 차가 덜컹거리며 멈췄다.

내가 두리번거리자 아주머니는 "도착했어. 자, 내리렴."이라고 말한 뒤 차 밖으로 나가버렸다.

앞 유리창 너머로 우뚝 솟아 있는 연갈색의 외부 장식으로 꾸며진 저택이, 아주머니가 말했던 「시설」이라는 곳일까.

아주머니의 말로는 나처럼 의지할 곳 없는 아이들이 지내는 시설인 모양이다.

아주머니는 설명할 때 거북한 듯한 미소를 띠면서 "또래 아이들과 함께 지내는 편이 즐거울 테니까." 하고 장점을 내세웠다.

하지만 또래 아이들만큼 성가신 생물은 없다.

태어난 이래 친구 한 명 사귀어본 적 없는 나에게, 눈앞의 저택은 동물원과 조금도 다를 바 없어 보였다.

내가 차에서 내리자, 아주머니는 열쇠로 차 문을 잘각 잠그고 시계를 봤다.

"안에서 직원과 잠시 이야기를 나누고 올 테니 여기서 기다리렴."

"네? 아, 네."

아주머니는 그대로 정문에서 시설 안으로 모습을 감췄고, 나는 홀로 남겨졌다.

차 안에서 완전히 따뜻해졌던 몸에 북풍이 스며들었다.

그런 기분은 들지 않는데도, 약간 감상에 잠길 것만 같았다.

그렇게 말랑한 기분에 잠겼던 것도 잠시, 휭휭 불어오는 바람이 굉장한 기세로 몸을 차갑게 만들기 시작했다.

"추, 추워! 그보다 이거 얼마나 기다려야 하는 거야……."

그다지 체구가 좋은 편이 아닌 나는 휘몰아치는 바람 앞에서 부들부들 몸을 떨었다.

몇 분 안에 돌아와 준다면 고맙겠지만, 이것이 10분, 20분 걸린다면 이야기는 다르다.

그보다 아주머니. 혼자 갈 거라면 왜 나를 차에서 내리게 한 거지? 이건 너무 배려가 없잖아.

차 안으로 돌아가려고 해도 아주머니가 친절하게도 문을 잠가버렸기 때문에 그것도 할 수 없었다.

그렇다고 해서 정문 앞에 멍하니 서 있으면 얼어 죽어버릴 것 같았다.

나는 잠시 그 자리에서 발을 동동 굴렀지만 몸에 열이 도는 기색도 없이 시간만 흘러갔다.

"……아니, 무리, 무리, 무리, 너무 춥다고! 이대로는 죽어버릴 거야!"

무기력하게 혼잣말을 반복하면서 주변을 휙 둘러봤지만, 역시나 멋진 난방 시설이 있을 리 없었다.

이럴 거라면 빼질거리지 말고 좀 더 두텁게 입을 걸 그랬다.

코트 같은 사치는 부릴 수 없지만, 하다못해 장갑이라도…….

그런 생각을 하고 있으니 친절하게도 눈앞에 목도리가 내밀어졌다.

아— 때가 때이니 만큼 어쩔 수 없다. 목도리라도 상관없다.

하아……. 그렇게 더없이 행복한 표정을 지으며 그것을 받으려 했을 때, 나는 겨우 이상하다는 걸 깨달았다.

아주 잠깐…… 그야말로 눈을 깜빡하기 직전까지 없었던 사람이, 당연한 듯이 눈앞에 서서 목도리를 내밀고 있었던 것이다.

"우와아앗!"

나는 그렇게 꼴사나운 비명을 지르며 참지 못하고 물러섰다.

몸을 크게 뒤로 빼자 목도리를 내밀고 있었던 것이 또래로 보이는 소녀라는 것을 알 수 있었다.

보랏빛의 커다란 귀마개를 쓰고 따뜻해 보이는 코트를 입은 소녀는, 몸에 걸치고 있는 것들이 좋아 보였지만 짧은 머리카락이 부스스하게 여기저기 뻗쳐 있었다.

순간 소년이라고 착각했지만, 치마를 입고 있으니 소녀임이 틀림없겠지.

단발머리 소녀는 내가 물러나자 몸을 움찔 떨더니, 바로 섭섭하다는 듯이 나를 노려보았다.

"사람이 모처럼 친절을 베풀었더니—."

"어……."

내가 허둥거리자 단발머리 소녀는 몹시 언짢아하며 "옆에

서 죽으면 기분이 나쁘니까 빌려주려고 한 거야!" 하고 거친 목소리로 말했다.

"우왓! 아, 그, 그건 고마워. 하하, 그럼 잘 쓸게……."

내가 그렇게 말하고 목도리에 손을 뻗자, 단발머리 소녀는「처음부터 그러면 좋았잖아.」라고 말하는 듯이 코웃음을 쳤다.

조금 전에 이 아이가 아무것도 없는 곳에서 갑자기 나타난 것처럼 보였던 것은 기분 탓이었을까.

그것만이 약간 마음에 걸렸지만, 이럴 땐 아무 말 하지 않고 받아두는 편이 나 자신을 위해 좋겠지.

받아 든 목도리는 단발 소녀가 몸에 두르고 있는 것과 마찬가지로 아이용치고는 너무 좋아 보였다.

자세히 보니 예상대로 목도리에 유명한 브랜드 로고가 붙어 있었다.

마침 어머니도 이 브랜드의 시계를 가지고 있었다.

엄청 비싼 물건이었는지 어머니도 좀처럼 차려고 하지 않았고, 찬장 안에 잘 보관했던 것이 떠올랐다.

"음! 이건 좀 빌리기 그런걸."

내가 쓴웃음을 지으며 그렇게 말하자, 단발머리 소녀는 노골적으로 불만스러워 보이는 표정을 지었다.

"사람이 모처럼……."

"아니, 물론 고맙지만 말이야! 이거 굉장히 비싼 거잖아.

안 돼. 이런 걸 다른 사람에게 척척 빌려주면."

내가 그렇게 말하자 단발머리 소녀는 멍한 표정을 지었다.

"이거…… 비싼 거야?"

"어, 몰랐어? 음~ 어, 어쨌든! 난 괜찮으니까!"

목도리를 다시 쓱 돌려주자, 소녀는 벌레 씹은 표정을 지으며 마지못해 그것을 받아 들었다.

그리고 잠시 목도리를 바라보며 생각에 잠기는가 싶더니, 이번에는 직접 내 목에 그것을 휘감았다.

"어째서?"

"역시 빌려줄게. 계속 보고 있었지만, 역시 추워 보이니까."

의외로 고집 센 아이였다.

그다지 마음이 내키지는 않았지만, 이렇게 감아주면 어쩔 수가 없다.

내 몸은 목 부분부터 따끈따끈 따뜻해지기 시작해서, 목도리를 풀고 다시 돌려주기 어렵게 되었다.

"아~ 음, 고마워……. 근데 이거 좋다."

과연 명품. 두려울 정도로 따뜻하다.

물건의 가치 같은 건 잘 모르지만, 이거라면 큰돈을 지불해서라도 살 가치가 있다고 생각한다.

하지만 더없는 행복에 잠긴 것도 잠시, 나는 단발머리 소녀의 「계속 보고 있었다.」는 말에 깜짝 놀라 가늘게 접혔던 눈을 크게 떴다.

“그러고 보니 너, 계속 보고 있었다고 말했는데 어디서 보고 있었던 거야?”

“뭐? 어디서라니, 그러니까 옆에서…….”

단발머리 소녀는 거기까지 말하고 뭔가를 깨달은 듯, 씁쓸한 표정을 짓는가 싶더니 “으으…….” 하고 신음을 흘렸다.

“아, 뭐, 뭔가 난처한 걸 물어본 거야?”

뭔가 건드리면 안 되는 부분을 건드린 건 아닐까하고 내가 주뼛주뼛 물어보자, 단발머리 소녀는 “딱히 난처한 건 아니야.” 하고 무뚝뚝하게 대답했다.

“최근 자주 들어. 『너, 언제부터 거기 있었냐.』 하고.”

단발머리 소녀는 그렇게 말하고 험악한 표정을 지었다.

과연. 딱 보기에 말수도 적어 보이니 눈에 띄기 힘든 아이인 거겠지.

“아니, 조금 전에도 갑자기 나타난 것처럼 보여서 깜짝 놀랐어. 순간 유령인가 싶었어.”

아무런 생각 없이 그런 농담을 한 나는 “아하하.” 하고 웃어 보였다.

하지만 그런 나와 대조적으로 단발머리 소녀의 얼굴은 순식간에 붉어져서 “으윽…….” 하고 작게 신음하는가 싶더니 눈물을 뚝뚝 흘리기 시작했다.

물론 여자아이를 울린 것은 처음이었다.

"아아아아아아! 미안! 거짓말! 거짓말이야! 그런 생각은 전혀 한 적 없으니까!"

무척 당황하며 얼버무리려고 했지만 이미 때는 늦었다.

단발머리 소녀는 훌쩍거리며 울상을 지으면서도 틈틈이 어렴풋하게 "거짓말이 아니잖아.", "용서하지 않을 거야.", "절대로." 하고 공격적인 말을 쏟아냈다.

큰일 났다. 또 바보 같은 짓을 저질렀다.

예전에 어머니가 "여자애는 섬세하단다."라고 말했던 것이 떠올랐다.

이게 무슨 일이지. 이것이 섬세하다는 것인가.

"저, 저기……."

하필 오늘부터 『집』이 될 장소 앞에서, 나는 도대체 뭘 하고 있는 걸까.

누군가가 이런 모습을 본다면, 들어가기 전부터 문제아 취급을 받을 게 틀림없다.

나는 누군가가 보고 있는 건 아니겠지 싶어서 세차게 주변을 둘러보았다.

오른쪽, 왼쪽, 그리고 한 번 더 오른쪽을 보려고 돌아본 순간, 놀라운 일이 벌어졌다.

조금 전까지 눈앞에서 흐느껴 울던 단발머리 소녀가 홀연히 모습을 감췄던 것이다.

"어?! 어느 틈에……?!"

그것은 조금 전에 소녀가 갑작스럽게 나타났을 때보다 충격적이었다.

소녀가 내게 정나미가 떨어져서 어딘가로 달려갔다면, 아직 그 뒷모습이 손이 닿는 곳에 있어도 이상하지 않겠지.

게다가 스펀지로 만든 구두라도 신고 있는 게 아닌 이상, 그 나름의 구두 소리가 들릴 것이다.

하지만 어디를 어떻게 둘러봐도 그 어느 것도 확인할 수가 없었다.

이상하다. 아무리 생각해도 「사라졌다」고 밖에는 표현할 수 없을 정도의 속도로 단발머리 소녀는 그 모습을 감춰버렸다.

"거, 거짓말이지……?"

나는 눈앞에 일어난 현상을 믿지 못하고 손등으로 눈을 북북 비볐다.

"……누가 거짓말쟁인데."

그 목소리에 나는 다시 깜짝 놀랐다.

내가 눈을 비볐던 그 찰나, 이번에는 조금 전까지 서 있었던 자리에 다시 단발머리 소녀가 나타난 것이다.

평소라면 나는 비명을 질렀겠지. 그렇게 하지 않았던 것은 너무 전개가 빨라서 머리가 따라가지 못했기 때문이다.

하지만 여기서 비명을 지르지 않았던 것은 정말 다행이었다.

여전히 울고 있는 단발머리 소녀 앞에서 한 번 더 큰소리를 질렀다면, 나는 아마 있는 힘껏 뺨을 맞고 기절했을 거다.

그런 생각을 하고 있던 참에, 나는 더욱 터무니없는 것을 보고 견디지 못하고 이를 악물었다.

마침 치마에서 아래로 살짝 보이는 단발머리 소녀의 발 부분이, 무릎 아래 부분부터 투명하게 가물가물 사라져 있었던 것이다.

역시나 "힉……." 하고 목소리가 새어 나왔다.

농담으로 한 말이었던 「유령」이라는 말이 본의 아니게 머릿속에서 떠올랐다.

……잠깐 기다려.

어쩌면 이 소녀는 정말로 유령과 같은 부류의 존재가 아닐까.

때마침 내가 조금 전에 죽을 뻔했으니까 동료라고 착각해서 말을 걸어온 것 아닐까.

그런데 내가 "유령인가 싶었어."라고 농담하니까 화를 내는 건…….

“나를 유령이라고 생각하고 있는 거지?”

이번에는 내 쪽이 단발머리 소녀의 말에 눈물이 나올 것만 같았다.

등줄기는 딱딱하게 얼어붙었지만, 어떻게든 다부지게 행동했다.

“아, 아하, 아하하하! 시, 싫다—! 저, 저, 정말 그렇게 생각 안 한다니까! 우리는 친구잖아, 그렇지?”

아니나 다를까 대책 없을 정도로 혀가 잘 돌아가지 않았다.

다리가 덜덜 떨렸다. 이미 내가 무서워하고 있다는 것도 눈치챘을지 모른다.

“친구……?”

단발머리 소녀는 여전히 훌쩍훌쩍 코를 훌쩍이면서 내게 그렇게 질문했다.

“그, 그래! 뭐랄까…… 우린 서로 닮은꼴이잖아? 어, 음~ 그…….”

훌륭한 다리가 두 개나 뻗어 있는데 뭐가 닮은꼴이냐. 저쪽은 부유하고 있다고. 나는 바본가.

아니나 다를까 단발머리 소녀는 몹시 수상쩍다는 듯이 나를 뚫어지게 노려보고 있었다.

무리다. 살해당할 거야. 저주라든가 뭔가 그런 것으로 살해당할 거야.

아아, 이렇게 될 줄 알았다면 그 수상쩍은 자칭 영매사에게 부적 한두 장 정도 받아두었으면 좋았을걸.

솔직히 죽는 것보다도 무슨 짓을 당할지 알 수 없다는 것이 무엇보다 두려웠다.

너무 무서워서 점점 더 눈물이 나올 것만 같아졌을 때, 문득 묘안이 떠올랐다.

"그, 그렇지! 내가 가장 소중히 여기는 것도 보여줄게! 그럼 말이지! 친구라고 해도 되는 거지? 그렇지?"

내가 눈물을 글썽이면서 꼴사나운 모습으로 간절하게 원하자, 단발머리 소녀는 "어, 아니, 무슨 소릴 하는 거야?" 하고 정색하는 기색으로 가차 없이 말했다.

나는 여기서 물러서면 지는 거라는 듯이 "우선 봐봐! 응? 후회하지 않을 테니까!" 하고 영문도 모를 소리를 지껄였다.

단발머리 소녀의 표정에서는 이미 불신감밖에 보이지 않았지만, 나는 개의치 않고 「예의 능력」에 의지하기 위해 눈을 감고 집중하려 했다.

그날 처음으로 이 능력에 대해 깨달은 뒤부터, 나는 아주머니와 다른 사람들에게 들키지 않도록 조심하면서 몇 번인가 이 능력을 사용했다.

나는 내가 되고 싶은 모습과 냄새와 목소리를 『떠올리는』 것으로 그 모습으로 변신했다.

호기심에 여러 가지 모습으로 변신하려고 시험한 결과, 몇 가지 알게 된 것이 있었다. 우선 무기물로는 변신할 수 없었다.

한번 「비행기로 변신해서 하늘을 날아보자.」라고 생각했지만, 그때 거울에 비친 것은 입을 삐죽 내밀고 양손을 펼친 어쩐지 기분 나쁜 내 모습이었다.

애초에 비행기는 타본 적도 없거니와 실제로 본 적도 없다. 변신할 수 있는 게 더 놀랍겠지.

만약 변신할 수 있다 쳐도 집 안에서 비행기가 되려고 하다니, 나는 도대체 무슨 생각을 했던 걸까.

집을 때려 부수기라도 하면 어떻게 보상하겠단 말인가. 나 자신도 기가 막힌다.

거기서 더욱 실험을 반복한 결과, 나는 「실제로 대면했던 적이 있는 데다가 선명하게 떠올릴 수 있는 유기물」로만 변신할 수 있다는 사실을 깨달았다.

게다가 변신이라고 해도 예를 들어 체격을 크게 변화시킬 수는 없었다.

내 눈을 포함해 「사람의 눈」에 비치는 자신의 모습을 「떠올린 모습」으로 바꾸는 것이 내 능력의 대략적인 정체인 것 같았다.

그렇다고는 해도 솔직히 혼자서 실험하는 것에도 한계가 있어서, 아직까지 모르는 것도 많았지만 상황이 상황이다. 지금은 이 능력에 의지할 수밖에 없다.

이 아이가 마음에 들어 할 만한 모습을 『떠올린다』…….

……몇 번이나 미안해. 공원에서 만난 소녀.

눈을 뜨자 단발머리 소녀가 입을 딱 벌리고 나를 멍하니 바라보고 있었다.

과연 성공했을까.

"어, 어때? 엄청 재미있지 않아?"

내가 식은땀을 흘리며 그렇게 묻자, 단발머리 소녀는 바들바들 떨기 시작했다.

아— 잘 안 됐나. 이제 어쩔 수 없다. 저주받을 거야…….

내가 너무 두려운 나머지 머릿속에서 「나무아미타불, 나무아미타불」 하고 염불을 외기 시작했을 무렵, 소녀는 간신히 입을 열었다.

"엄청 재미있어……!"

단발머리 소녀의 눈은 내가 처음 이 능력을 사용했을 때처럼 반짝반짝 눈부시게 빛났다.

"저, 정말?! 다행이다……."

안도한 나는 부랴부랴 염불 외던 것을 멈추고 크게 숨을 내뱉었다.

이 분위기로 봤을 때 확실히 마음에 든 것이겠지. 이제 저주받아 죽을 걱정도 없을 것이다.

"이, 이거, 어떻게 된 거야……?"

"음, 뭐라고 해야 할까. 좋아하는 모습으로 변신할 수 있는 느낌……이라고나 할까?"

내가 그렇게 말하자 단발머리 소녀는 "오오……!" 하고 작게 감탄했다.

좋아, 할 수 있어. 이 애 의외로 별거 아니잖아. 이대로 잘만 하면 눈감아 줄 거야.

"그럼 다른 것도 보여줘."

"……어?"

단발머리 소녀는 이 능력이 어지간히 마음에 들었는지, 눈 한 번 깜빡이지 않고 내 변신을 기다리고 있었다.

"어, 어어, 응! 그럼 다음 모습! 음, 그러니까……."

그렇다고는 해도 즉석에서 변신할 수 있을 만한 레퍼토리는 어머니의 모습밖에 남지 않았다.

아— 내 무참한 교우 관계여. 공원에서 놀던 아이들과 좀 더 알고 지낼 걸.

어머니의 모습이 되는 것은 솔직히 내키지 않지만……. 안 되겠다.

어머니, 미안해요. 그래도 저주받아 죽는 것은 무서워요. 이번 딱 한 번만이니까……!

"그, 그럼 변신할게."

"으, 응."

눈을 감고 어머니의 모습과 냄새와 목소리를 『떠올린다』…….

어머니의 모습은 공원의 소녀에 비해 간단하게 떠올릴 수 있었다. 떠올릴 때마다 마음이 괴로워지긴 하지만.

"……어때?"

눈을 뜨니, 단발머리 소녀는 "오오~!" 하고 지금까지와 달리 뚜렷한 목소리로 환성을 질렀다.

무척 감동했는지 나에게 천천히 짝, 짝 박수를 보냈다.

"아하하, 이야, 감사합니다~. 감사합니다~."

약간 쑥스러워진 나는 가볍게 인사를 했다.

뭐야, 이렇게 보니 씩씩하고 좋은 아이잖아.

적어도 단발머리 소녀의 표정에서 처음 만났을 때의 험악한 기운은 사라져 있었다.

유령에도 여러 유형이 있는 건가.

이런 느낌의 유령이라면 말로만 하는 것이 아니라, 정말로 친구가 될 수 있을지도 모른다.

"어라?"

문득 쳐다본 단발머리 소녀의 무릎 아래에는 어느샌가 발이 뻗어 있었다.

"어, 왜 그래? 발이 어쨌는데?"

단발머리 소녀는 이상한 듯이 고개를 갸웃했다.

"음…… 아니, 아무것도 아니야."

"흐응~ 이상해."

그녀는 그렇게 말하고 「뭐, 상관없나.」라고 말하는 듯한 표정으로 물러났다.

「이상한 것은 서로 마찬가지잖아?」라고 따지고 싶었지만, 다시 쓸데없는 말을 해서 「여자아이의 섬세한 마음」을 짓밟게 되면 견딜 재간이 없다.

"그럼, 좋아."

단발머리 소녀는 그렇게 말하고 한쪽 손을 앞으로 내밀었다.

"좋아?"

"『좋아?』가 아니라…… 친구! 친구니까 악수."

단발머리 소녀는 그렇게 말하고 앞으로 내민 손을 더욱 쑥 내밀었다.

그런가, 너무 필사적이 된 나머지 잊고 있었지만, 나는 그런 말을 했었지.

"아, 응, 그렇구나. 음……."

그 손을 확 잡으면 되는 것을 내가 우물쭈물하고 있으니, 단발머리 소녀는 내 오른손을 힘껏 쥐며 억지로 악수했다.

"자, 친구."

단발머리 소녀는 그렇게 말하고 씩 웃었다.

나는 얼굴에서 불이 나는 것은 아닐까 싶을 정도로 쑥스러운 기분이 들었다.

그렇다. 태어나서 처음으로 친구를 사귄 게 아닌가.

내게도 친구가 생긴 것이다. 언제나 공원에서 동경했던 함께 놀 수 있는 친구가.

“으, 응!”

나도 그 손을 살짝 맞잡으며 마음껏 웃었다. 단발머리의 「유령」 소녀가 내 「친구 제1호」가 된 기념할 만한 순간이었다.

“그런데 이름이 뭐야?”

나는 단발머리 소녀의 질문에 “앗.” 하고 소리를 질렀다.

서로 이름도 몰라서는 아무리 친구라고 큰소리쳐도 폼이 나지 않는다.

“그리고 언제까지 악수하고 있을 건데?”

단발머리 소녀는 이어서 어쩐지 귀찮은 듯 그렇게 말했다.

나는 너무 부끄러운 나머지 힘껏 손을 빼고 “아, 아하하, 이름말이지! 이름~.” 하고 얼버무렸다.

“나, 나는 슈야. 카노 슈야.”

단발머리 소녀는 내 이름을 듣고 “흠흠…….” 하고 작게 고개를 끄덕였다.

"네, 네 이름은?"

내 질문에 이번에는 단발머리 소녀가 대답했다.

"나는 키도—."

"꺄아아아아아아아아아!"

단발머리 소녀가 자기소개를 하려고 한 그 순간, 정문 쪽에서 최근에도 들어본 적 있는 듯한 불길한 비명소리가 울렸다.

당황해서 돌아보니, 아니나 다를까 그곳에는 당장에라도 거품을 물 것 같은 아주머니가 서 있었다.

……아, 원래대로 돌아가는 것을 잊고 있었다.

"어, 어째서 이런 곳까지?! 쪼, 쫓아온 거구나! 그런 거지! 아아아……."

아주머니는 기관총처럼 그렇게 외치자마자 휘청거리며 땅바닥에 쓰러져버렸다.

계속해서 정문 쪽의 건물 안에서 "무슨 일이야?", "비명소리야!" 하고 소리가 울렸다.

최악이다. 엄청 최악이다.

"저기, 이 사람은 누구야?"

나는 단발머리 소녀의 질문에 대답하지 않고 식은땀을 줄줄 흘리면서 필사적으로 타개책을 생각했다.

그리고 바로 가장 획기적이고 가장 지독한 방법이 떠올랐다. 이것밖에 없다. 이제 이것밖에 없는 것이다.

"자, 잠깐 있는 힘껏 때려주지 않을래?"

나는 단발머리 소녀의 어깨를 붙잡고 어색하게 웃으며 간절히 부탁했다.

"……뭐?"

단발머리 소녀는 맨 처음 만났을 때처럼 험악한 표정으로 되돌리면서 차가운 시선으로 나를 보았다.

하지만 이런 상황에서 그런 건 아무래도 좋다. 지금 당장 원래 모습으로 돌아가지 않으면…….

시설 안쪽에서 "누군가가 쓰러져 있어!" 하는 소리와 함께 발소리가 굉장한 기세로 다가오고 있었다.

"저기! 저기! 적당히 하지 않아도 되니까, 응? 빨리 때려줘! 제발!"

단발머리 소녀의 표정은 이미 완전히 굳어져 있었다. 그곳에는 이미 조금 전에 미소 짓던 흔적은 전혀 남아 있지 않았다.

그래도 개의치 않고 어깨를 이리저리 흔들자, 소녀의 표정은 찰카닥하는 소리가 들릴 것처럼 돌변했다.

다음 순간, 소녀는 살의를 담은 시선으로 나를 노려보았다.

아— 잘 가라, 내 친구 1호. 짧은 시간이었지만, 굉장히 멋진 추억이었어.

펵! 하는 시원한 소리가 시설 안에 울려 퍼졌다.

그것이 「키도」라고 이름을 밝힌 소녀에게 계속해서 맞아온 내가, 그녀에게 처음으로 맞았던 기념하지 못할 날이었다.

야화 디세이브 4

연주황색 실내등이 깨끗하게 정돈된 방을 어슴푸레하게 비추고 있었다.

정돈되어 있다고 하면 듣기엔 좋지만, 애당초 이 방에는 물건이 극단적으로 적다.

소형 액정 TV와 체크무늬의 커다란 밥상, 밥상을 둘러싸듯 방석이 몇 장 있고, 책장에는 아동서가 몇 권 있었다.

그 이외에는 각자의 옷을 넣어두는 색색의 수납함이 몇 개 있는 간소하고 무기질적인 방이었다.

개인용 방이 있는 건물 1층의 맨 끝에 있는 「107호실」.

그곳에 비치된 두 대의 2층 침대 중 약간 더러워진 쪽의 아래 침대…… 즉 내 침대 위에서 우리는 오늘도 느릿느릿 반성회를 거행하고 있었다.

오늘의 반성회 주제는 『현재 이 아동 복지 시설에서 「괴물」로 취급받고 있는 우리는 어떻게 하면 그 상황을 불식시킬 수 있을까.』이다.

뭐 「오늘의 주제」라고는 말했지만, 어제도 이거였고 그저께도 이거였다.

오늘도 마찬가지로 나 이외의 두 사람은 특별히 의견을 내는 일도 없이 「둘은 어떻게 생각해?」라는 내 질문에도 대답이 없어서, 어스름함 속에서 벌써 2분 정도 침묵이 계속되고 있었다.

"이야~ 하하. ……정말. 어떻게 할까."

역시 참지 못하고 「솔직히 이제 포기예요.」라는 의미를 잔뜩 담아 내가 그렇게 투덜대자, 세토는 안고 있던 베개를 꽉 끌어안으며 당장에라도 울 것 같은 얼굴을 했다.

"역시, 제 탓이죠. 죄송해요……."

"아니, 세토 때문만은 아니야. 그런 거 금지. 그리고 존댓말 금지."

나약한 세토의 말을 키도가 딱 잘랐다.

세토는 어깨를 움찔 떠는가 싶더니, 기어들어갈 것 같은 목소리로 "죄송…… 미안."이라고 말하며 베개에 얼굴을 묻었다.

세토는 툭하면 우는 작은 동물에 갓난아기를 더한 듯한

소년이다.

넘어지면 울고 배가 고파도 운다. 밤이 되면 울고 딱히 뭔가가 없어도 일단 운다.

그것이 여기에서 만난 내 「친구 제2호」인 세토 코우스케의 주된 특징이었다.

그런 세토에게 말할 때는 말투에 조금 신경 써야 하지 않을까 생각하지만, 당사자인 키도는 아랑곳하지 않았다.

"응." 하고 무뚝뚝한 대답을 하는가 싶더니, 손으로 꼼지락꼼지락하고 있던 실뜨기로 도쿄 타워를 만들기 시작했다.

이대로 내버려 두면 일이 복잡해질 것 같아서 내가 허둥지둥 중개에 들어갔다.

"자, 자아 자아, 상관없잖아. 세토도 나름대로 이것저것 생각하고 있고……."

"……저, 죄송해요. 저 그렇게 이것저것 생각하고 있진 않았어요."

세토는 베개에 얼굴을 묻은 채 나직이 중얼거리며 내가 덧붙인 말을 소용없게 만들었다.

거기에 짜증이 난 키도가 "그러니까 존댓말―." 하고 위압을 가하자, 세토는 또 움찔하며 입을 다물었다. 눈 깜짝할 사이에 원점으로 돌아와 버렸다.

나는 "하아." 하고 한숨을 쉬고 옆으로 치워두었던 이불 더미에 풀썩 기댔다.

아마 오늘도 무리겠지. 이대로 깨닫고 보니 평소처럼 전원 취침이라는 흐름이 될 것이 훤했다.

이곳에 온 지 벌써 몇 달이 지났다.

여기서 보낸 지난 몇 달은 아주머니의 집에서 지냈던 두 달보다도 훨씬 충실한 시간이었다.

그날 초장부터 뺨에 새빨간 단풍잎 마크가 생겼을 때는 어떻게 될까 걱정했지만, 나는 다행히 오늘도 그럭저럭 여기서 지낼 수 있었다.

단풍잎 마크라고 하니, 그것을 만들었던 장본인인 그 소녀, 「키도」가 나와 비슷한 이유로 이곳에 온 고아라는 사실을 알고 놀랐던 것이 떠올랐다.

그뿐이라면 또 모르지만, 같은 방에서 지내게 되었을 때는 다시 놀랐다.

보통은 남녀로 방을 나누는 것이 규칙인 듯했지만, 이미 다른 방이 전부 꽉 찬 데다가 나이가 어리니까라는 이유로 같은 방을 쓰게 되었다.

풍문으로는 들었지만, 세상에는 「인연」이라는 것이 정말로 있다는 걸 나는 그때 실감했다.

덧붙여서 「키도」라는 호칭은 결국 그때 성만 들은 채로 변태 취급을 당해 한동안 이야기를 나눌 수 없었던 것에 기인한다.

모처럼 생긴 친구 제1호를 놓칠 수 없다고 필사적으로 "키도 씨, 키도 씨."라고 외치던 나에게 "씨는 빼." 하고 키도가 말을 걸어줬을 때는 눈물이 나올 것 같았다. 하지만 이름은 그 뒤로 한 달 정도가 지나도 가르쳐주지 않았기 때문에 결국 호칭은 키도가 되었다.

그런 키도와 나를 이 방에서 얌전하게 기다리고 있었던 것이 원래부터 여기서 지내고 있던 세토였다.

세토는 키도의 무뚝뚝함과는 다른 의미로 말수가 적었지만, 초반에 키도에게 계속 무시당하고 있던 내 기운을 북돋아 주려고 한 것인지 언제부턴가 이런저런 이야기를 나누게 되었다.

자신이 태어난 지 얼마 안 되었을 때부터 이 복지 시설에 있었다는 것.

친구는 한 명도 없고, 오히려 다른 방에 사는 아이들에게 괴롭힘을 당하고 있다는 것.

작년에 유일한 친구였던 개, 하나코가 죽었다는 것…….

눈물을 흘리면서 말한 그 이야기는 빈말로도 「기운 나는 이야기」라고 할 수 없었다.

하지만 그것을 "괜찮아, 괜찮아." 하고 달래는 동안 나와 세토 사이에 소위 「유대감」 같은 것이 생겨났다.

생각하기에 따라서는 그때 내 말을 무시했던 「친구 제1호」 키도보다도 훨씬 친구답지 않았을까.

그런 이유로 세토는 내 친구 제2호가 되었다.

그것은 딱히 어느 날 "우리 친구라고 해도 좋은 거죠?"라고 물어온 세토의 눈에 「그렇지 않으면 죽을 거야.」라고 적혀 있었기 때문은 결코 아니다.

나는 순수하게 이 세토라는 소년과 보내는 시간이 즐거웠던 것이다.

그렇게 날이 갈수록 키도도 서서히 우리와 이야기를 나누게 되어, 아직까지 약간의 어색함은 남아있지만 우리 셋은 순풍에 돛을 단 것처럼…….

……지내고 있지 않았다.

아니, 이미 순풍에 돛을 단 것과 정반대의 상황이다.

우리 셋이 올라탄 이 침대가 돛단배라고 한다면, 이미 돛 같은 것은 갈기갈기 찢어져서 태평양에서 불어닥치는 폭풍을 한창 고독하게 맞이하고 있는 참이다.

그렇다. 그래서 반성회를 열고 있는 것이다.

우리라도 직원 분들이나 다른 방에서 지내는 아이들에게 「괴물」이나 「크리처」라고 불리는 것은 솔직히 힘들다.

「괴물의 방」이라고 적힌 종이가 107호실 플레이트에 붙어 있는 것은 이제 싫다. 그러니까 한시라도 빨리 이런 이미지를 없애지 않으면…….

"괴, 괴물…… 크리처……."

"그렇지? 정말 그만뒀으면 좋겠어……. 어?"

나는 지금 「괴물」과 「크리처」라는 단어를 입 밖으로 꺼내지 않았다. 잠시 머리에 떠올렸을 뿐이다.

그런데 어떻게 그것에 반응할 수 있는 거지.

깜짝 놀라 상체를 일으키고 세토를 보자, 세토는 베개에 묻고 있던 얼굴을 들고 눈물이 글썽거리는 눈으로 나를 보고 있었다.

그 두 눈은 넋을 잃고 보게 될 정도로 선명한 진홍색으로 물들어 있었다.

나는 순간 멍해져서 "아." 하는 소리를 입 밖으로 꺼내고 잠시 생각한 뒤에 눈을 감았다.

'……또 내가 생각하는 것이 들리는 거야?'

나는 머릿속에서 그렇게 외쳤다.

"죄, 죄송해요, 들려요."

세토는 미안한 듯이 그렇게 말하고 눈만 삐죽 내놓듯이 베개를 입가에 바짝 댔다.

역시 그랬던 건가.

나는 계속해서 머릿속으로 '최근에는 그런 일이 줄어들었는데 말이지. 그건 그렇고 세토의 능력은 항상 갑작스럽게 나오네.'라고 말했다.

그러자 세토는 베개로 입을 가리면서 부끄러운 듯이 "좀 있으면 원상태로 돌아갈 거라고 생각하니까요—."라고 말했다.

그 말을 듣고 내가 쓴웃음을 짓고 있으니, 이번에는 키도 쪽에서 불길한 공기가 흘러나왔다.

키도 쪽을 주뼛주뼛 바라보자, 키도는 짜증이 나서 참을 수 없다는 듯이 세토를 노려보고 있었다.

이어서 키도가 째려보고 있는 세토 쪽을 바라보니, 뱀을 맞닥뜨린 작은 쥐처럼 되어 있었다.

세토는 손을 파닥파닥 내저으면서 "아, 아, 존댓말! 죄송해요, 죄송해요! 어……? 아, 아니에요! 일부러 그러는 게 아니라—!" 하고 키도의 마음의 소리에 필사적으로 존댓말로 변명하고 있었다. 어이없을 정도로 세토의 존댓말 사용은 쉽사리 바뀌지 않았다.

키도는 애지중지하던 실뜨기 실을 휙 집어 던지고 "존댓말 쓰지 말라고 몇 번이나 말하게 하는 거야……."라고 말하면서 무릎을 꿇고 오른손으로 주먹을 쥐면서 세토에게 다가왔다.

그 순간 세토는 너무 두려웠는지 눈물을 뚝뚝 흘리면서 "히이익! 히이이익!" 하고 한심한 비명을 질렀다.

역시 이건 위험하다.

나는 세토와 키도 사이에 끼어들며 키도를 향해 양손을 벌렸다.

"잠깐, 스톱, 스톱! 키도, 잠깐 너무 지나치게 화 내는 거 아니야? 진정해."

약간 굳었을 거라는 생각은 들지만, 있는 힘껏 미소를 지으며 키도에게 그렇게 말하자 키도는「비켜, 너도 죽여버린다.」라고 말하는 듯한 눈으로 나를 노려보았다.

이 아이는 정말 눈매가 사납다. 전대물이었다면 분명 악당 역할이었을 거라고 생각한다.

그런 생각을 하고 있으니, 등 뒤의 세토에게서 "후훗, 악당 역할." 하고 웃는 소리가 새어 나왔다.

'잠깐 뭘 웃고 있는 거야! 나는 지금 세토를 위해서 몸을 내던지고 있는데!'

내가 그렇게 머릿속으로 외치자, 세토가 뒤 쪽에서 "죄, 죄송해요!"라고 말했다.

하지만 이 상황에서 그 사과 방식은 몹시 난센스다. 세토여, 너는 어째서 그렇게 주의가 부족한 것이냐.

아니나 다를까 눈앞의 키도가 내뿜는 분노의 오라는 조

금 전보다도 더욱 강해졌다.

“또 존댓말……. 게다가 카노. 지금 세토에게 뭔가 말했지.”

키도는 조용히, 다만 말 뒤에 날카로운 살의를 숨긴 채 그렇게 말했다.

“어?! 에, 에이, 아무 말도 안 했어! 그치, 세토!”

“으, 응응! 악당 역할 같다는 말은 전혀 안 했어요!”

다음 순간 키도의 날카로운 보디 블로가 내 명치를 정확하게 꿰뚫었다.

“쿨럭—!”

나는 견디지 못하고 순백의 침대보 위로 쓰러졌다.

그것은 이미 먼 곳에서 종소리가 들려올 것만 같은 깔끔한 녹다운이었다.

그 순간 세토가 “으아아!” 하고, 참으로 한심한 소리를 질렀다.

덮쳐드는 복부의 격통 속에서 간신히 고개를 들어보니, 키도는 분노가 한 바퀴 돈 것인지 훌쩍훌쩍 울기 시작했다.

그것에 동조하듯이 당연한 것처럼 세토도 울기 시작했다.

정신이 드니 새하얗게 타버릴 듯한 나를 남겨두고, 둘은 합창하는 것처럼 왕왕 울기 시작했다.

……어, 뭐야 이건.

이런 상황이라면 우는 건 보통 내가 아닐까?

그런 나의 견딜 수 없는 마음은 아랑곳하지 않고 둘의 통곡은 점점 더 격해지기 시작했다.

"아, 위험해, 이대로는……."

문득 정신을 차리고 다시 키도 쪽을 보니, 예상대로 키도의 눈이 어렴풋하게 붉은 기운을 띠면서 그 모습이 순식간에 흐려지고 있었다.

그렇다. 키도는 왠지 기분이 나빠지거나, 울거나, 외로워지거나 하면 흐릿…… 아니, 정확히는『다른 사람에게 인식되지 않게』되어버리는 것이다.

다만 그것에는「만지면 인식할 수 있다」라는, 이 또한 잘 알 수 없는 조건이 있었다.

따라서 손을 잡고 있거나 사라진 공간에 손을 붕붕 휘저으면 괜찮아지지만, 키도가 모습을 지운 채 밖으로 나가버리면 성가셔졌다.

기분이 나쁘다는 이유로 모습이 사라졌을 때, 키도는 그대로 어딘가로 가버리려고 할 때가 있었다.

이전에 그런 상태로 키도가 모습을 감춘 뒤에 전혀 돌아오지 않아서 세토와 내가 몇 시간이나 뒤져가며 찾은 적도 있었다.

부끄러운 일이지만 그때만은 나도 세토를 울보라고 부를 수 없을 정도로 울상이었다.

결국 아침까지 찾아다녔지만 발견할 수 없었고, 일단 방에 한번 돌아가 봤더니 당사자는 침대에서 새근새근 자고 있었다는 결말이었지만, 그런 일이 또 일어난다면 정말 견디지 못할 것이다.

여기서는 어떻게든 둘의 통곡을 그치게 하는 편이 먼 훗날 뒤탈이 없겠지.

그렇게 해서 나는 하나의 모습을 상상했다.

아직 두 사람에게도 보여준 적 없는, 최근 늘어난 레퍼토리 중 하나인 「그것」의 모습과 냄새와 목소리를 『떠올렸다』…….

내가 눈을 뜬 순간, 둘의 입에서 맞춘 것처럼 "우와앗!" 하는 소리가 나왔다. 기대한 대로의 반응에 기분이 좋아졌다.

나는 힘차게 바닥으로 튀어나가서 둘을 향해 손을 흔들어 보였다.

두 사람은 처음에는 깜짝 놀란 표정이었지만, 내가 손을 흔들자 조금 전까지 짓고 있던 울상에서 돌변해 넘쳐흐를 듯한 미소를 지었다.

""고양이다!""

그 말 그대로다. 이런 때를 위해서 나는 기회가 있을 때마다 길고양이를 관찰하며 고양이의 모습을 기억해두었다.

요 몇 달 동안 함께 지내면서 키도는 귀여운 것을, 세토는 동물을 좋아한다는 것을 알게 되었다.

그렇다면 이 「검은 고양이」의 모습은 두 사람에게 매우 사랑스러워 보이겠지.

예상대로 두 사람은 차마 눈뜨고 못 볼 정도로 흥미를 보이기 시작했다.

키도가 침대에서 몸을 내밀고 콧김을 거칠게 내뿜으며 "이, 이쪽! 고양아 이쪽으로 와!" 하고 손을 짝짝 치기 시작하자, 세토도 함께 이리 오라고 손짓했다.

깨닫고 보니 둘의 눈동자에서는 붉은빛이 깨끗이 사라졌고 키도의 모습은 또렷해졌다.

후후후. 정말 귀엽다.

달려들면 기뻐하겠지만, 여기서는 좀 더 장난을 쳐주자.

나는 조금 전의 원한을 갚기라도 하듯이, 조금 다가갔다가 다시 멀어지고 조금 다가갔다가 다시 멀어지기를 반복했다.

그럴 때마다 두 사람은 일희일비하며 좀 더 내 흥미를 끌기 위해 더욱더 희한한 짓을 하기 시작했다.

실로 정말 통쾌했다. 솔직히 자지러지게 웃어버릴 정도로, 나는 유쾌한 기분이 들었다.

그렇게 되니 이제 나도 멈출 수가 없었다.

그럼, 어떡할까. 덩실거리기라도 할까. 응, 그게 좋겠다.

텐션이 오르기 시작한 내가 밥상에 올라가 덩실거리기 시작하자, 두 사람은 배를 움켜쥐며 깔깔 웃기 시작했다.

아— 즐겁다. 이 얼마나 즐거운 밤일까.

이렇게 즐거운 기분이 든 것은 오랜만이었다.

이렇게 고양이로 변신하는 것도 괜찮은데. 버릇이 될지도 모르겠다.

내가 우쭐해져서 격렬하게 춤을 추고 있을 때, 갑자기 쿵 하는 소리가 문 쪽에서 들렸다.

흥에 겨워서 그다지 신경 쓰지 않았지만, 문 쪽을 본 두 사람이 순식간에 새파랗게 질리는 것을 보고 결국 나도 돌아보았다.

두 사람의 웃음소리 때문에 눈치채지 못했지만, 어느샌가 방문이 활짝 열려 있었다.

방과 복도의 경계 부분에는 야간 순찰을 하던 것으로 보이는 직원이 보기 좋게 쓰러져 있었다.

왜 이런 곳에서 갑자기 쓰러졌는지 한순간 영문을 알 수 없었지만, 생각해보면 단순한 것이었다.

뎅실거리던 것을 멈추자, 단숨에 전신에서 핏기가 가시는 것이 느껴졌다.

"어, 어떡하지, 고양아."

키도가 주뼛거리며 내게 물었다.

어쩌고 자시고, 오히려 내가 묻고 싶을 정도다.

나는 아무 생각도 나지 않아서 우선 “냐옹.”이라고만 울었다.

……다음 날, 그 직원은 “심야에 큰 소리로 떠드는 아이들에게 주의 주려고 문을 열었더니, 검은 고양이가 미친 듯이 춤추고 있었어요.”라고 주위에 이야기하고 돌아다녔다. 그리고 노이로제에 걸린 모양인지, 다른 시설로 옮겨 갔다.

물론 이 사건이 우리 셋의 악평을 더욱 높여서 「괴물의 방」으로 불리는 이 107호실의 악명을 굳건하게 만들었다는 것은 말할 것도 없었다.

*

개인용 방이 있는 건물 1층의 맨 끝에 있는 「107호실」.

그곳에 비치된 두 대의 2층 침대 중 약간 더러워진 쪽의 아래 침대…… 즉 내 침대 위에서 우리는 오늘도 시끄럽게 반성회를 거행하고 있었다.

오늘의 반성회 주제는 『현재 이 아동 복지 시설에서 「괴물」로 취급받고 있는 우리는…… 이대로는 위험하다.』이다. 그런 느낌이다.

하지만 뭐, 상황은 놀라울 정도로 호전되지 않았다.

호전되기는커녕 우리의 평판은 날이 갈수록 떨어져서, 우리를 따라다니는 각양각색의 소문이 이쪽저쪽에서 난무하는 모양이었다.

그중 하나를 예를 들자면.

「1층 여자 공동 화장실의 가장 안쪽 칸에서 밤마다 유령이 흐느껴 우는 소리가 들려온다. 찾아봐도 그곳에는 아무도 없다.」라는 소문이 있다.

들어보면 「그 유령은 107호실을 드나들고 있다.」라는 것이 통설인 듯한데, 이것 참 누가 그런 말을 떠들기 시작했는지.

드나들기는커녕 살고 있다, 빌어먹을 자식들아.

키도에게 물어보니, 짐작 가는 부분이 있는 모양인지 "처음 그 얘기 꺼낸 녀석을 때려줄 거야……." 하고 기세가 등등했기에 일단 말렸다.

또 하나 예를 들자면.

「107호실의 아이가 복도에서 뭔가 속삭이는 소리를 들은 직원이 다음 날부터 모습을 감췄다. 그 아이는 악마의 자식이 아닐까.」 하는 소문이 있다.

소문을 들었을 때는 전혀 영문을 알 수가 없었지만, 다음 날 세토가 "그러고 보니 전에 여자애 속옷을 입은 남자 직원이 있어서 『잘못 입으셨어요.』라고 알려드렸더니 사라져버려서…….”라고 말했던 걸 보면, 이 또한 뭐 우리 탓이겠지.

어째서 그런 짓을 하고 있었고 왜 사라졌는지, 어린아이인 우리는 잘 모르겠지만.

마지막으로 하나만 더.

「개인용 방이 있는 건물 뒤에서 한결같이 길고양이의 냄새를 맡고 있는 녀석이 있었다.」라는 소문이 있지만, 이것은 뭐 나를 말하는 것이다. 죽을 정도로 부끄럽다.

그런 식으로 매일 흉측한 소문이 꼬리에 꼬리를 물고 업데이트되는 바람에, 우리는 정말 눈코 뜰 새 없이 바빴다.

아니, 우리라고 할 수는 없었다. 나 이외의 두 사람은 눈코 뜰 새 없이 바쁘지 않았다. 내 독무대다.

오늘도 역시 마찬가지로 그런 소문에 대한 몇 가지 예를 들면서 평소처럼 “두 사람은 어떻게 생각해?” 하고 한창 말을 건네고 있는 중이었다.

“카노가 기분 나쁘다고 생각해.”

키도가 망설임 없는 눈으로 툭 대답했다.

“어? 아~ 어?”

너무나도 자비 없는 직설적인 대답에, 나는 순간 「무슨 은유인가?」라고 생각했다.

"기분 나쁘다고 생각해."

아니 틀리다. 아무리 생각해도 이것은 말 그대로의 의미다.

"……아니, 고양이 냄새를 맡던 내 모습이 기분 나쁘다는 것에 대해서 말하는 게 아니라 말이지. 앞으로 어떻게 할지에 대한……."

키도의 신랄한 말을 어떻게든 견뎌내면서 이 반성회의 취지를 다시 설명하려고 시도해봤지만, 키도는 벌써 졸린 모양인지 개의치 않는 태도로 "후암." 하고 하품했다.

참지 못하고 눈물이 찔끔찔끔 치밀어 올랐다.

왜 내가 기분 나쁘다는 말을 들어야만 하는가. 이렇게 애쓰고 있는데.

그것을 알아차렸는지 세토가 "기분 나쁘지 않아요. 저도 자주 하니까요." 하고 작게 귓속말했다.

……미안, 세토. 역시 아무 이유 없이 길고양이 냄새를 맡는 것은 조금 기분 나쁠지도 몰라.

"그런데 이거 언제까지 할 거야. 그보다 이런 걸 하는 의미가 있어?"

키도는 눈을 북북 비비면서 몹시 졸린 듯이 그렇게 말했다.

"으. ……아니, 뭐, 그렇긴 하지—."

그렇게 물으니 대꾸할 말도 없었다.

매일같이 밤에 「반성회」라는 명목으로 둘을 소집해보지

만, 현재 상황을 확 바꿀 만한 묘안은 지금까지 나올 기색조차 없었다.

“그렇지만 말이야, 계속 이렇게 생활했다간 정말 쫓겨날지도 모른다고?”

“여, 역시 쫓겨나는 건가요?!”

내 말에 세토가 몸을 크게 움찔 떨었다.

지체 없이 바로 눈물을 뚝뚝 대량으로 생산하는 세토의 눈물샘은 도대체 어떤 구조로 되어 있는 걸까.

“아— 정말. 울지 마, 울지 마.”

내가 등을 쓸어주자 세토는 고개를 작게 끄덕이고 눈물을 훔쳤다.

눈물을 바로 뚝 그치는 게 세토의 좋은 점이기도 하다. 그렇다 해도 눈물이 너무 많지만.

“뭐, 아무리 그래도 『지금 당장 나가~.』 하는 일은 없을 거라 생각하지만. 직원들도 우리를 무서워하는 모양이니까, 역시 이쯤에서 호감도를 올려놓지 않으면…….”

“호, 호감도 말인가요…….”

그렇다고 해서 물론 나에게 어떤 대책이 있는 것은 아니다.

애초에 이런 밑바닥에서 호감도를 올린다는 게 정말 가능할까.

아무리 그래도 우리의 평판이 「괴물」보다 더 밑으로 떨어지지는 않을 거라 생각하지만, 이대로 떨어져버린 평판을 어떻게 「인간」까지 올리라는 말인가.

"……벌써 잠들었잖아."

내가 끙끙 신음하고 있을 때, 키도는 어느샌가 앉은 채 색색 숨소리를 내며 자고 있었다.

그런가. 조금 전부터 세토가 존댓말을 사용하고 있는데도 불구하고 키도가 덤벼들지 않았던 것은 이 때문인가.

하지만 일부러 깨워서 화나게 만들 필요는 없겠지.

나는 키도의 등을 손으로 받쳐 매우 조심스럽게 침대에 눕혔다.

키도는 깨어 있을 때는 무뚝뚝했지만, 가만히 자고 있으면 귀여웠다.

"정말, 모두가 소란 피울 만큼 무서운 애도 아닌데 말이지—."

내가 키도의 뺨을 가볍게 찌르면서 그렇게 말하며 웃자, 세토도 "화만 내지 않으면—."이라고 말하며 킥킥 웃었다.

바로 그때, 키도가 "음." 하고 잠꼬대를 웅얼거리자, 세토는 "히이이이!" 하고 나자빠졌다.

이런 두 사람의 모습을 보여주면 소문을 내던 녀석들도 "이런 허술해 보이는 녀석에게 겁을 먹었었다니!" 하고 놀라겠지.

하지만 주위 사람을 강하게 탓할 수는 없었다.

다시 생각해보면 나 역시 처음에는 키도를 「유령」이라고 착각해서 무서워했으니까.

사람이란 사귀어보고…… 이야기를 나눠보지 않으면 정말 어떤 사람인지 알 수 없다.

그럼 우리가 정말 어떤 사람인지 사람들이 알아준다면 좋겠지만, 그것은 상당히 어렵다.

우리가 정말 어떤 사람인지를 알게 된다면, 이렇게 친하게 지낼 수도 있을 것이다.

하지만 문제는…….

"역시 우리의 문제는 이 『눈』이죠……."

나자빠졌던 세토가 그렇게 말하며 불쑥 일어났다.

"죄송해요, 다시 약간 들려오기에……."

미안한 듯이 그렇게 말하는 세토의 두 눈은 어느샌가 붉어져 있었다.

내가 후후 웃으며 마음속으로 '키도도 잠들었으니까 이쪽이 더 좋을지도.'라고 외치자, 세토는 기쁜 듯이 웃으며 작은 목소리로 "그럼 사양하지 않고—."라고 대답했다.

'정말 이 능력은 뭘까. 역시 TV 같은 곳에서 말하는 초능력이라는 걸까.'

"윽. 그건…… 역시 누군가에게 물어보는 편이……."

세토는 그렇게 말하며 눈물을 글썽거렸다.

'아하하 미안, 미안. 아니~ 이건 아무한테나 주절주절 떠들 수 없잖아. 안 그래?'

"그, 그렇죠…… 무서워서."

그래, 과거의 반성회에서도「우리는 주로 이 능력 때문에 『괴물』이라고 불리는 게 아닌가.」하는 이야기가 나온 적이 있다.

솔직히 우리는 이 능력에 대해서 우리가 체감한 것밖에 알지 못하고, 나는 그렇다 치더라도 세토와 키도는 아직 능력을 자유자재로 다루지도 못했다.

자유자재로 다룰 수 있었다면 우리에 대한 나쁜 소문도 지금의 반 정도에서 그쳤겠지.

그런 점에서「어른에게 물어보자.」같은 의견도 물론 나왔었다.

하지만 마침 그때 보고 있던 TV 드라마가 그런 생각을 정말 보기 좋게 때려 부쉈다.

무슨 업보인지 그날 방송된 드라마 속에서「사이코메트리스트(Psychometrist)」라고 불리는, 사람의 마음을 읽을 수 있는 초능력자가 등장하길래 "세토 같잖아!" 하고 배꼽을 잡고 웃었었다. 하지만 그것도 잠시, 수수께끼의 조직에게 붙잡힌 사이코메트리스트는 처참한 실험을 받고 죽어버렸던 것이다.

그때 우리의…… 특히 세토의 표정은「한동안 냉동실에 넣

어두었습니다.」라는 느낌이었다.

우리 모두가 「초능력자는 실험을 당하고 죽는다.」라고 인식하게 된 순간이었다.

덧붙여서 몇 분 뒤, 세토는 겨우 부들부들 떨기 시작하는가 싶더니, 이번에는 아무 말 없이 침대로 들어가 하루 종일 나오지 않았다.

따라서 「사이코메트리스트」라는 말은 세토에게 금구(禁句)이자, 최근에는 키도가 가끔 세토의 반응을 즐기기 위해 나직이 중얼거리는 마법의 말이 되었다.

그런 이유로 우리 셋의 이 능력은 우리만의 비밀이었다.

'그렇다고 해도 이 능력은 정체도 원인도 분명하지 않으니 좀 무섭네.'

"확실히 그러네요. 저와 키도의 능력 같은 경우에는 멋대로 나와 버리고……."

세토는 한숨을 쉬었다.

세토의 「다른 사람이 생각하고 있는 것을 읽는」 능력은 시간과 장소에 따라서 능력의 세기가 달라지는 모양으로, 강하게 발동하면 「그 사람의 기분」에서부터 「과거의 기억」까지 감지해버린다고 한다.

반대로 지금처럼 적당히 발동됐을 때는 「대상이 의식적으로 머릿속으로 떠올린 말」이 겨우 들리는 정도인가 보다.

일찍이 세토는 이 능력에 대해 서투른 말로 친절하고 공손하게 설명해주었지만, 체감하고 있는 본인 외의 다른 사람에게는 그다지 팍 와 닿지 않는 부분이 많았다.

'두 사람의 능력이 갑자기 발동되는 점은 정말 곤란하지. 특히 키도는 누가 보기만 해도 들켜버릴 테니까 큰일이고.'

예전에 비하면 안정되기는 했지만, 키도도 「투명해지는 능력」을 컨트롤하지 못하는 것 같았다.

본인의 말로는 "기분이 언짢아지면 그렇게 되는 것 같다."고 했지만 실은 어떨까.

다행히 큰 사건은 일어나지…… 않았다고 믿고 싶지만, 어느 쪽이든 이 이상 상황이 더 나빠지기 전에 사용법 정도는 익혀야겠지.

정말 무슨 방법이 없을까.

"하다못해 자제할 수 있으면 좋겠지만요……."

'자제라……. 뭐, 세토는 우선 걸핏하면 우는 것부터 자제해야 하지 않을까?'

내가 그렇게 말하고 씩 웃자, 세토는 얼굴을 붉히며 "정말 그러네요." 하고 부끄러워했다.

'하지만 농담이 아니라 정말 관계가 있을지도 모르지. 키도와 세토 둘 다 울지만 않으면 딱히 능력이 발동되지도 않잖아.'

"하, 하지만 저는 그게 전혀 안 돼서……. 바꾸려고 해도 좀처럼 바뀌질 않는다고 할지……."

세토는 그렇게 말하며 풀이 죽었다.

'그러고 보니 존댓말 사용도 전혀 고치질 못하고 있지.'

"으읏…… 네. 죄송해요."

한층 더 풀이 죽은 세토를 보면 일부러 그러는 게 아니라는 것은 일목요연했다.

아마 키도도 그런 부분을 알고 있을 거라 생각하지만, 세토의 존댓말에 대해서는 아직까지 딱딱한 태도를 무너뜨리려고 하지 않았다.

솔직히 이렇게 두 사람의 서투른 부분을 보고 있으면, 내가 몹시 약삭빠른 것 같아서 왠지 기분이 나빴다.

아니, 주위의 아이들을 봐도 대체로 다들 서툴렀다. 이것은 옛날부터 그랬지만, 나는 그런 타인의 「사람다운」 부분을 매우 깔보게 되는 자신이 정말 싫었다.

"하지만 카노는 역시 대단해요. 능력도 제대로 사용할 수 있는 데다가 항상 우리를 도와주고."

세토는 웃으며 그렇게 말했지만, 왠지 모르게 그 말에는 그다지 기뻐할 수가 없었다.

'어어? 전혀 그렇지 않아! 나도 둘과 마찬가지야. 모르는 것투성이에 무서운 것투성이인걸.'

"……네?"

내가 머릿속으로 떠올린 말을 읽었을 세토가 뜻밖에도

고개를 갸웃했다.

허둥지둥 세토의 얼굴을 본 순간, 세토의 눈동자는 붉은 빛이 훅하고 사라져서 원래 색으로 돌아와 있었다.

"어, 어라. 원래대로 돌아간 모양이에요! 후우…… 매번 죄송해요."

세토는 그렇게 말하며 고개를 꾸벅꾸벅 숙였다.

"응, 아— 아니 아니! 그렇게 신경 쓸 필요 없다니까."

나는 그렇게 말하며 웃는 얼굴을 만들었다.

"하지만 마지막 순간에 카노의 생각이…… 그 뭐라고 할지, 잘 알 수 없게 되어서……."

"……에이, 별거 아닐 거야. 아마, 능력이 사라지려던 참이니까. 조금 혼란스러웠던 게 아닐까?"

"그, 그렇겠죠? 하아…… 멋대로 나왔다가 멋대로 사라져 버리다니, 정말 심술궂은 능력이네요."

세토는 그렇게 말하며 어깨를 늘어뜨렸다.

"자 자, 상관없잖아. 능력에 휘둘리는 세토도 보고 있으면 즐거워."

내가 심술궂게 말하자, 세토는 "너무 놀리지 말아주세요." 하고 볼을 부풀렸다.

"하지만 정말로 바뀌지 않으면 안 되겠어요! 이대로 계속 모두에게 폐를 끼치는 건 역시 괴로우니까요."

세토는 대단한 기세로 그렇게 말했다. 조금 전의 나약했던 모습과 완전히 다른 동시에 또한 굉장히 믿음직스러운 모습이었다.

"후훗. 자 자, 느긋하게 해도 되잖아. 지금 당장 무리해서 바꾸려 하지 않아도—."

"……좋지 않아."

내 말에 끼어든 것은 키도였다.

자는 동안의 귀여운 모습은 어디로 갔는지, 키도가 평소처럼 가시 돋친 표정으로 세토를 뚫어지게 노려봤다.

"존댓말. 언제 고칠 건데?"

키도가 나직이 그렇게 말하자, 세토는 작게 "힉." 하는 소리를 흘렸다.

익숙한 대화였지만, 어째선지 나는 몹시 못마땅한 마음에 참지 못하고 말참견을 해버렸다.

"……잠깐 그건 좀 아니지 않아?"

내가 그렇게 말하자, 키도는 등을 대고 누운 상태로 세토를 보던 시선을 나에게로 옮겼다.

"뭐가."

키도는 그렇게 말하면서 벌떡 일어나 나를 노려보았다.

이럴 때 평소의 나였다면 실실 웃으며 넘어갔겠지만, 어째선지 화가 치밀어 올라서 도저히 참을 수가 없었다.

"그보다 세토가 한 말은 제대로 들었어? 세토는 바뀌려고 노력하고 있잖아."

"하지만 전혀 바뀌지 않았잖아? 몇 번이나 말했는데—."

키도는 조금도 물러서지 않는 태도로 내뱉듯이 그렇게 말했다.

나와 키도의 대화에 세토가 "저, 저기……." 하고 말을 걸었다.

하지만 우리는 이미 멈출 수 없었다.

"……짜증 나네—."

가만히 있으면 좋았겠지만, 나는 솔직한 감정을 입 밖으로 꺼냈다. 내 입에서는 모든 속마음이 계속해서 넘쳐흘렀다.

"다른 사람의 기분도 생각하지 않고 매일매일 제멋대로 굴기만 하잖아. 네가 도대체 뭔데? 솔직히 이제 그런 태도를 맞춰주기도 힘들어. 도대체 키도는……."

거기까지 말했을 때 오른쪽 얼굴에 심한 충격을 받고 시야가 휘청 흔들렸다.

너무나 갑작스러운 일에 순간 사고가 정지했지만, 세토가 놀라서 지른 비명 소리를 듣고 나는 간신히 키도가 손바닥으로 내 뺨을 때렸다는 것을 깨달았다.

"……아프잖아."

나는 그렇게 말하며 키도를 노려보았다.

지금까지 느껴본 적 없었던 거무칙칙한 감정이 가슴속을

가득 채워갔다.

그것은 키도도 마찬가지인 듯, 명확하게 적의가 담긴 표정을 짓고 있었다.

"다른 사람의 기분을 생각하지 않는 게 누군데? 카노도 나에 대해 아무것도 모르는 주제에."

그렇게 내뱉은 키도의 두 눈이 순식간에 붉게 물들었다.

그에 따르듯 나를 때린 지긋지긋한 키도의 오른손도 서서히 흐려지기 시작했다.

나는 그 모습을 보고도 평소처럼 달래지 않고, 반대로 "하!" 하고 코웃음 쳤다.

"맞기만 했는데 그런 걸 이해할 수 있을 리가 없잖아? 나는 세토가 아니니까 말이야. 그보다 뭐야, 또 사라지는 거야? 우와— 편해서 좋겠네—."

좀 더 좋게 말할 수도 있었겠지만, 나는 깔보는 의미를 잔뜩 담아서 감정대로 그렇게 내뱉었다.

키도는 순간 무슨 말을 들었는지 이해하지 못한 것 같았지만, 바로 얼굴이 아주 새빨개지나 싶더니 나에게 맹렬하게 덤벼들었다.

"이 자식—!"

키도가 자신의 몸무게를 모두 실어 나를 넘어뜨리자, 나는 어쩔 도리도 없이 쓰러져버렸다.

그것을 물리치려고 발버둥 쳤지만, 형세가 뒤집어지는 일은 없었다. 한심한 일이지만, 나는 키도의 힘을 전혀 당해낼 수가 없었다.

그대로 나를 내리누른 키도는 또다시 내 뺨을 있는 힘껏 냅다 때렸다.

짝하고 울린 소리에 세토가 "히익!" 하고 맥없이 소리 질렀다.

"……아얏! ……뭐야, 또 그런 식으로—."

"시끄러워! 말하지 마!"

키도는 내가 입을 열자 내 입을 양손으로 꽉 눌렀다.

말을 할 수 없게 된 나는 꼴사납게 발을 버둥거리며 신음 소리를 냈다.

키도의 눈에서 넘친 눈물이 아무 말도 할 수 없는 내 뺨으로 똑똑 흘러 떨어졌다.

"……카노 따위 ……정말 싫어!"

바로 그 순간 키도가 내뱉은 말에 심장이 격렬하게 아파와서, 버둥거리던 발에도 힘이 들어가지 않았다.

얻어맞았을 때 화끈거리는 것 같던 통증과 달리, 얼음을 억지로 삼킨 듯한 차가운 통증이었다.

키도의 말이 만든 그 통증은 의미를 이해할수록 심장을 자근자근 죄었다.

너무나 두렵고 무서워서 키도의 양손을 허둥지둥 뿌리치

자, 키도는 그 양손으로 자신의 얼굴을 덮고 작게 오열을 터뜨렸다.

나는 흐느껴 우는 키도 앞에서 아무 말도 떠오르지 않았다.

무슨 말을 하면 좋을까. 내가 싫다는 키도에게 뭐라고 말하면…….

"……그거 고맙네."

뇌가 필사적으로 대답을 찾는 동안, 내 입은 별안간 뜻밖의 말을 꺼냈다.

나는 자신의 입에서 튀어나온 말에 무척 곤혹스러웠다. 이렇게 말할 생각은 없었는데 왜 이런 말이 튀어나온 걸까.

나는 내 말에 깜짝 놀란 표정을 지은 키도를 보고 자신이 돌이킬 수 없는 짓을 저질렀다는 것을 깨달았다.

솔직히 평소처럼 때려줬으면 했다.

그걸로 키도의 기분이 풀리고 내가 미움받지 않을 수 있다면, 이런 나 같은 건 상처투성이로 만들어도 상관없다고까지 생각했다.

하지만 키도는 나를 다시 때리지 않고 오른손으로 눈물을 훔치는가 싶더니, 아무 말 없이 내 위에서 내려와 침대를 떠나갔다.

"자, 잠깐 기다려, 키도! 미안—."

"……이제 됐어. 말 걸지 마."

내가 침대에서 상체를 앞으로 쑥 내밀며 그렇게 말했지만, 키도는 내 말에 돌아보지도 않고 차가운 말투로 그렇게 대답했다.

그 냉철한 행동에 내가 당황하자, 세토도 연달아 침대에서 몸을 내밀며 "제, 제가 잘못했어요!" 하고 외쳤다.

그리고 존댓말을 사용해버렸다는 사실을 깨달았는지 바로 입을 막았다.

너무나 부주의한 행동에 아무리 나라도 세토가 원망스러웠다.

하지만 키도는 세토의 그런 말에도 평소처럼 질책하는 일 없이 "세토도 이제 됐으니까." 하고 조용한 말투로 대답했다.

"그리고 나는 이제 여기를 나갈 거야."

키도가 이어서 내뱉은 말에 나와 세토는 얼어붙었다.

"무, 무슨 말을……."

"요전에 직원이 상담했었어. 나를 거두고 싶어 하는 사람이 있다고. ……거절하려고 했지만 역시 나갈래."

너무나 갑작스러운 이야기에 눈앞이 어질어질했다. 농담치고는 이야기가 너무 잘 맞아떨어졌고, 애초에 키도는 농담을 하지 않았다.

"거, 거짓말이죠?! 그런……."

세토가 견디지 못하고 물어보자, 키도는 겨우 뒤돌아보

았다.

“거짓말이 아니야. 그리고 존댓…… 아무것도 아니야.”

키도는 「아차」 하는 표정을 짓더니 발길을 돌려 느릿느릿 자신의 침대로 기어들어갔다.

그리고 나서 마지막으로 “다음에 말 걸면 진심으로 때릴 거야.”라는 한마디를 남기고 그대로 입을 다물었다.

조금 전까지 날 때린 것은 진심이 아니었단 말인가.

……그 뒤로 한동안 침묵이 계속되었다.

나와 세토는 서로 얼굴을 마주 보는 일도 없이 그저 키도의 침대를 바라봤다.

매우 드물게도, 세토도 울지 않았다.

그저 참고 있다는 느낌은 아니었다. 충격으로 사고 회로가 움직이지 않을 뿐이겠지.

그렇다고는 해도 세토 보고 뭐라고 말할 수 없을 정도로 내 머리도 몽롱했다.

싫다는 소리와 말 걸지 말라는 소리를 들으니, 나에게 남겨진 수단은 아무것도 없었다.

키도는 그걸 알고 그런 태도를 취한 것이겠지. 말 그대로 「싫은 녀석」을 상대하기에 현명한 방식이다.

“우리는 어떻게 될까요…….”

"……글쎄."

느닷없이 입을 연 세토의 질문에, 나는 짧게 대답하고 벌렁 드러누워 눈을 감았다.

그렇게라도 하지 않으면 세토에게까지 마구 화풀이할 것 같았기 때문이다.

세토는 잠시 "저기……."라거나 "음……." 하고 말했지만, 내 태도를 보고 단념했는지 "정말로 죄송해요."라는 말을 마지막으로 2층 침대 위로 올라갔다.

그로부터 잠시 뒤에 위쪽에서 다시 세토가 훌쩍훌쩍 흐느껴 우는 소리가 들려왔지만, 곧 원래대로 돌아가 방에는 정적이 찾아왔다.

정적 속에서 나는 머릿속으로 여러 생각을 떠올렸지만, 어제까지의 즐거웠던 시간을 되돌릴 수 있는 방법이 간단하게 떠오를 리도 없어서 어느샌가 잠에 빠져들어 버렸다.

키도가 양부모에게 맡겨진 것은 그로부터 정확히 일주일이 지난 뒤였다. 결국 그때까지 일주일 동안 우리가 대화를 나누는 일은 없었다.

*

"우와, 정말 날씨 좋네—! 왠지 소풍 가고 싶어지는데~."

차 안의 무거운 분위기를 깨려는 건지 운전석에서 쾌활한 목소리가 들려왔다.

운전석 뒷좌석에 앉아 있던 나는 그 목소리에 대답도 하지 않고 작게 한숨을 쉬었다.

딱히 무뚝뚝하게 굴기로 마음먹은 것은 아니었다.

창 너머 거리의 보도를 오가는 사람들은 굉장히 추운지 코트 같은 종류의 옷을 입고 있었다.

그런데 「도시락 싸 들고 소풍 가자.」가 된다면 추위를 잘 타는 나는 얼어 죽어버리겠지.

그렇다고 뭔가 반론을 하며 「분위기 파악도 못 하는 자식.」 같은 말을 하면 지극히 귀찮아진다.

그런 이유로 나는 이것저것 생각하던 것을 멈추고 그저 한숨을 쉬었던 것이다.

"하, 하지만 소풍 가기에는 아직 너무 추운 게……."

침묵을 견디기 힘들었는지, 조수석에 앉아 있던 세토가 쓴웃음을 지으며 그렇게 말했다.

순간 내 마음을 읽었나 싶어서 깜짝 놀랐지만, 아무래도 그런 것은 아닌 모양이다. 그 증거로 눈동자가 붉어질 기미도 보이지 않았다.

“무~슨 말을 하는 거야! 어린애라면 이 정도 추위는 아무것도 아니라니까~. 그렇지? 집으로 돌아가면 준비해서 가자~.”

운전석에서 그런 건 아랑곳하지 않는 무사태평한 목소리가 울렸다.

세토는 당황했는지 “아하하…….” 하고 무슨 말을 해야 할지 곤란해하는 것 같았다.

원래 세토는 성격에 맞지 않게 아웃도어파였다.

자주 홀로 밖으로 뛰쳐나가서는 어딘가에서 동물과 놀다 오는 건지 좀 더러워진 모습으로 돌아왔다.

바로 한 달쯤 전에 내가 방에서 추위에 떨던 날도, 세토는 하루 종일 밖에서 뛰어다녔던 모양이다.

따라서 이 흐름은 이상하다.

세토가 「추우니까 밖에 나가는 것은 그만두자.」 같은 말을 하는 것은 아무리 생각해도 부자연스러웠다.

하지만 세토가 그런 「약간의 거짓말」을 하는 것도 수긍이 간다.

여하튼 면면들과 상황이 최악이었던 것이다.

왼쪽을 힐끔 보니, 옆자리에 앉아 있던 키도와 시선이 마주쳤다.

키도는 바로 불쾌한 표정을 지으며 나와는 반대쪽 창문으로 시선을 옮겼다.

시선이 마주친 것에 순간 기대했던 나는 그 태도를 보고 어깨를 툭 떨궜다. 동시에 약간 화가 나서 다시 창문을 바라보았다.

일주일 전의 「반성회」에서 싸운 이래, 나와 키도는 계속 이런 상태였다.

같은 방에서 가까이 지내면서 얼굴을 마주치지 않는 것은 정말로 불가능하지만, 그렇게 싸우기 힘든 환경에도 불구하고 우리는 완강하게 말을 나누지 않았다.

세토는 그동안 계속 어쩔 줄을 몰라 허둥댔지만, 자신이 상황을 더욱 복잡하게 만든다는 자각이라도 있었는지 딱히 말참견하지는 않았다.

아니, 그렇다고 내가 키도와 말하고 싶지 않은 것은 아니었다.

오히려 나는 당장에라도 화해하기 위해 아무 생각 없이 다가가기도 했었다.

하지만 키도는 내가 조금이라도 다가가면 날 노려봤고, 나와 화해하기를 계속 거부했다.

말 걸지 말라는 말도 들었으니, 나는 그 이상 어떻게 할 수도 없어서 오늘까지 괴로운 나날을 보내고 있었지만…….

"그나저나 갑자기 이렇게 돼서 미안해~. 그보다 역시 시설 원장님이 제대로 전달하지 않았던 건가? 세 명 다 맡고 싶다는 이야기—."

그렇다. 설마 했던 전개가 느닷없이 일어났던 것이다.

키도를 맡기로 한 「타테야마」라는 집안은 처음부터 키도뿐만이 아니라 우리 셋을 맡겠다고 말했던 것이다.

물론 나와 세토는 그런 이야기를 듣지도 못했지만, 이틀 전에 시설 원장님에게 불려갔을 때 겨우 알게 되었다.

앞으로 가족이 될 거라는 사람과 한 번도 만난 적이 없는 데다가 이야기도 들은 적이 없는데 "이틀 뒤에 너희의 새로운 가족이 될 사람이 맞이하러 올 테니까—."라니, 보통 있을 수 없는 일이잖아. 어린아이 취급을 하든 괴물 취급을 하든, 어느 쪽이 됐든 너무 지독한 이야기다.

말만 잘하면 성가셨던 우리를 내쫓을 수 있다는 생각이었겠지만, 너무나도 엉성한 방식에 나는 약간 화가 났다.

물론 거절한다는 선택지도 있었지만, 나와 세토는 두말없이 그 이야기를 받아들였다.

애초에 그 시설에 관해서는 원한이 있고 없고를 떠나 아무런 미련도 없었다.

그리고 무엇보다 이대로 키도와 말도 하지 못하고 떨어지게 될 것이라고 침울해하던 나에게, 이 이야기는 바라 마지않던 일이었다.

"아, 아니 아니! 이렇게 함께 지낼 수 있어서 저희는 무척 기뻐요! 그, 그렇지 다들."

세토는 그렇게 말하며 뒷좌석을 돌아보았다.

나는 '왜 굳이 이쪽으로 이야기를 돌리는 거야, 바보.'라고 마음속으로 생각했다. 하지만 공교롭게도 세토의 눈은 붉어지지 않았고, 그 표정에 「부탁이니까 『응』이라고 말해.」라고 적혀 있는 것을 본 나는 할 수 없이 "엄청 기뻐요."라고 대답했다.

그와는 반대로 키도는 뾰로통한 표정인 채로 "하아." 하고 칠칠치 못한 대답을 했다.

어색한 미소를 지은 채 부들부들 떠는 세토의 표정에는 「좀 더 부드럽게 말해…….」라고 적혀 있는 것처럼 보였다.

참고로 내가 세토의 능력을 사용할 수 있게 된 것도 아니었다.

세토의 표정이 너무 알기 쉬운 것뿐이다.

키도는 뾰로통한 표정을 짓고 있긴 했지만, 우리가 따라간다는 것을 알고도 딱히 소란을 피우지는 않았다.

솔직히 「너희가 따라온다면 나는 가지 않겠다.」 같은 말을 꺼내는 게 아닐까 조마조마했지만, 기우였던 모양이다.

하지만 조금 전의 태도를 보건대 딱히 우리를 용서했다는 것도 아니겠지. 그걸 생각하면 기분이 우울해졌다.

앞으로 보낼 생활 속에서 우리는 한 번 더 사이좋게 지낼 수 있을까.

"좋아~ 도착했어~! 자, 내려, 내려!"

주차장에 멈춘 차에서 줄줄이 내린 우리 눈앞에 있는 것은 붉은 벽돌로 지어진 작은 집이었다.

그다지 익숙하지 않은 형태의 집 앞에서 나와 세토는 주변을 두리번두리번 둘러보았다.

아마 세토도 「이 주변은 이런 집이 주류인 건가.」라고 생각했겠지. 그 정도로 주택가 안에 있기에는 겉도는 구조의 집이었다.

"……귀여워."

키도가 나직이 말했다.

내가 뒤돌아보자, 그것을 눈치챘는지 키도는 얼굴을 붉히며 「뭘 보는 거야, 이 쓰레기가.」라고 말하는 듯이 노려보았다.

변명하기 위해서 뭔가 말할까 생각했지만 「다음에 말 걸면 진심으로 때린다.」라고 키도가 그날 밤 했던 말도 있어서 나는 무언으로 일관하기로 했다.

그랬다. 키도는 귀여운 것을 좋아했다.

아마 이런 집은 여자아이 입장에서 보면 「귀여운」 것이겠지.

그것을 떠올린 내 머릿속에 한 가지 생각이 떠올랐다.

한 번 더 고양이의 모습으로 변신하면 키도가 기뻐해주지 않을까.

예전에 고양이로 변신했을 때, 키도는 정체가 나라는 것도 잊은 것처럼 고양이 모습에 열중했었다.

왜 생각을 못 했을까. 그래, 간단한 일이잖아. 한 번 더 그 모습으로 변신하면…….

"자 자! 들어가, 들어가~!"

열린 현관문을 통해 집으로 들어가니, 색다른 외장과 다르게 안쪽은 TV에서 보던 일반 가정집과 조금도 다를 게 없었다.

나는 내가 지내던 방과는 다른, 처음 맡는 냄새를 통해 여기에서 새로운 생활이 시작된다는 것을 새삼 실감했다.

"후후, 새집은 어때? 마음대로 써도 좋으니까 말이지. ……아, 맞다 맞다. 자기소개를 제대로 하지 않았네. 나는 타테야마 아야카. 엄마라고 생각해도 되고 그렇지 않아도 괜찮지만, 가족이라고는 생각해줘."

그렇게 말하며 웃는 아야카 씨의 표정은, 불안함이 남아 있던 내 가슴을 깨끗하게 씻어주는 것 같았다.

"자, 잘 부탁드려요."

내가 그렇게 말하자 아야카 씨는 "응! 잘 부탁해!"라고 말하며 내 머리를 쓰다듬었다.

살짝 부끄러워져서 세토와 키도 쪽을 보니, 두 사람은 나를 부러운 듯 바라보고 있었다.

아야카 씨도 그것을 눈치챘는지 "두 사람 다 잘 부탁해~!"라고 말하며 세토와 키도의 머리를 쓰다듬었다.

이 사람의 손바닥에는 사람을 안심시키는 힘이라도 있는 걸까.

가만히 쓰다듬는 손길을 받고 있는 두 사람의 표정은 몹시 행복해 보였다.

"그럼~ 우선 누나가 돌아올 때까지 방에서 놀까~."

그 말에 두 사람은 움찔하며 몸을 굳혔다. 그에 맞추듯 내 몸도 뻣뻣해졌다.

"누, 누나라는 건……."

세토가 주저주저하며 물어보자 아야카 씨는 "응? 너희보다 한 살 위인 누나가 있는데……. 어머, 시설 원장님에게 못 들었니?"라고 말하며 어리둥절해 했다.

나는 참지 못하고 「죄송해요, 그 시설 원장이라는 녀석은 거의 아무것도 설명해주지 않았어요.」라고 투덜댈 뻔했지만, 세토의 "아, 아아! 들었을지도 몰라요!"라는 말에 가만히 고개를 끄덕이기로 했다.

모처럼 우리를 좋은 분위기로 맞아준 것이다. 거기에 돌을 던질 필요도, 시시콜콜 캐물을 필요도 없었다.

분명 그 누나라는 사람도 이 사람의 딸이니까 다정하고 멋진 사람이겠지.

나와 세토는 순식간에 눈빛을 주고받고 "응." 하고 고개를 끄덕이는 것으로 서로의 의견이 일치한다는 것을 공유했다.

이런 부분에서 요 몇 달간 계속해서 키도의 눈치를 봤던 우리의 유대 같은 것을 느낀다. 뭐, 애달픈 이야기지만.

하지만 당사자인 키도는 우리의 생각을 알지도 못한 채 창백한 얼굴로 바들바들 떨고 있었다.

"어머. 왜 그러니? 괜찮아?"

"아, 아니, 아무것도……."

키도는 아야카 씨의 말에 힘없이 그렇게 대답했다.

아야카 씨는 도저히 아무것도 아닌 것처럼 보이지 않는 키도의 상태를 눈치챘는지 "언니가 있다는 게 걱정돼?"라고 말하며 키도의 머리를 쓰다듬었다.

그러자 놀랍게도 키도의 표정이 확 풀리면서 입에서 "아니요……." 하고 부드러운 말이 새어 나왔다.

역시 저 손바닥에는 뭔가 특수한 능력이 있는 게 아닐까.

우리는 이때까지 현관 앞에서 우물쭈물하고 있었지만, 일단 집 안으로 들어가기로 했다.

복도를 나아가자 2층으로 올라가는 계단 바로 앞에 「아이방」이라고 적힌 플레이트가 걸린 문이 있었다.

"부랴부랴 만들기는 했지만 오늘부터 여기가 너희 방이야."

아야카 씨가 그렇게 말하며 문을 연 그곳은, 우리가 지냈던 지긋지긋한 「107호실」보다 훨씬 넓고 볕이 잘 드는 방이었다.

“와아…….” 하고 세토가 감탄했다.

세토를 보니 눈을 반짝반짝 빛내면서 이곳에서 보낼 미래를 망상하고 있는 것 같았다.

우리는 서둘러 방으로 들어가 각자 흥미가 있는 것을 둘러보았다.

여러 가지 장난감이 가득 담긴 벽장, 유독 특촬물의 영웅을 다룬 책이 많은 책장……. 우리는 그 하나하나에 가슴이 설렜다.

“이야~ 왠지 마음에 들어 하는 것 같아서 다행이다! 그럼, 누나가 돌아올 때까지 다들 사이좋게 있으렴.”

아야카 씨는 그렇게 말하며 씩 웃고 문을 닫았다.

아이 방에는 우리 셋만이 남았다.

그렇게 되자 「누나」에 대한 불안감이 엄습했다.

아야카 씨가 있었을 때는 그렇지도 않았는데, 정작 이 뒤에 대면하게 될 거라고 생각하니 역시 불안했다.

문득 두 사람을 보니 아니나 다를까 나와 마찬가지였는지 각자 주저앉아 바닥을 바라보며 바들바들 떨고 있었다.

그렇다고 셋이서 「어쩌지~.」 하고 소곤소곤 이야기를 나눌 수도 없는 상황이었다.

말을 걸면 때리려고 덤벼드는 키도가 있는 것이다. 그런 위험한 일을 저지를 수는 없었다.

거북한 침묵이 흘렀다. 우리는 정말 이대로 이 집에서 잘 해나갈 수 있을까.

세토가 내 쪽을 힐끔힐끔 쳐다봤다. 나보고 어떻게든 해보라는 건가. 제길.

"……잠깐 화장실 좀 다녀올게."

불안과 침묵으로 안절부절못하게 된 나는 그렇게 말하고 방을 나가기로 했다.

문을 닫을 때 세토가 「날 혼자 두지 말아줘!」 하고 나에게 뜨거운 시선을 보냈지만, 애끓는 심정으로 문을 닫았다.

마음속으로 적당히 「세토 힘내!」라고 외친 다음, 무슨 말이라도 들으면 곤란하기에 일단 화장실로 향했다.

복도를 조금 나아가자 「W/C」라고 적힌 문을 발견했다. 어떤 의미의 영어인지는 몰랐지만, 그것이 화장실을 뜻한다는 것은 나도 알고 있었다.

나는 화장실에 들어가 "후우." 하고 한숨을 쉬었다. 화장실에서는 어째서 이렇게도 마음이 진정되는 걸까.

방을 혼자 쓰는 게 아니라서 나 혼자 마음을 진정시킬 수 있는 장소가 화장실뿐이었기 때문일지도 모른다.

그렇게 생각하는 순간 안타까운 기분에 사로잡혔지만, 나는 깊이 생각하기를 그만두었다.

하지만 이제부터 어떻게 하면 좋을까.

돌아간다고 해도 지금 그 방은 정말 있기 거북했다.

그렇다고 언제까지나 화장실에 틀어박혀 있으면, 집안사람에게 쓸데없는 걱정을 끼치게 되겠지.

도대체 어찌하면 좋을까.

"다녀왔습니다—!"

갑자기 문 너머로도 쉽게 알아들을 수 있을 정도로 큰 목소리가 울려 퍼졌다.

내 심장은 그 소리를 듣고 두근 하고 뛰어올랐다.

바로 다음에 쿵쾅쿵쾅 힘찬 발소리가 울리고 문을 찰칵 여는 소리가 울리는가 싶더니 갑자기 조용해졌다.

문을 열고 보지 않아도 「누나」가 집으로 돌아왔다는 것을 쉽게 상상할 수 있었다.

목소리의 느낌으로 보건대, 상당히 씩씩한 사람인 것 같았다. 음습하고 심술궂은 짓을 하는 유형은 아닌 모양이다.

잠깐, 어쩌면 사실은 심술궂은 사람일지도…….

……아니, 나는 무슨 생각을 하는 거야.

우리는 지금까지 그런 식으로, 만나보지도 않고 우릴 「나쁜 사람」으로 판단하는 사람들에게 미움 받아왔잖아.

그런데도 목소리만 듣고 그 사람에 대해 억측하다니 최저다.

만나보지 않으면 모른다. 사람은 그럴 수밖에 없다.

나는 "좋아." 하고 결심을 굳히고 화장실을 나왔다.

저 소리를 들어보니 「누나」는 집에 돌아오자마자 아이 방으로 뛰어 들어간 모양이었다.

그렇다면 아마 세토와 키도는 이미 「누나」와 만났겠지.

약간 불안하지만 그 두 사람이다.

긴장해서 말도 제대로 못 하는 경우는 있을지 몰라도, 갑자기 폭언을 내뱉거나 냅다 미는 일은 없겠지.

어쩌면 의외로 의기투합해서 흥분했을지도 모른다.

나는 그런 생각을 하면서 아이 방 앞에 도착했다.

작게 심호흡을 하고 문손잡이를 잡았다.

그리고 내가 문을 열려고 한 그 순간, 방 안쪽에서 "윽!" 하고 얼빠진 비명 소리가 들려왔다.

……잠깐 기다려.

이 목소리, 어딘가에서 들은 적이 있어.

분명…… 꽤 예전에 공원에서…….

거기까지 생각했을 때, 나는 터무니없는 일이 벌어졌다는 것을 깨닫고 힘차게 문을 열었다.

예상대로 내 눈에 들어온 것은 바닥에 웅크린 여자아이의 모습이었다.

여자아이는 "끄으으……." 하고 신음 소리를 내며 괴로운 듯이 바르작거렸다.

그 옆에 선 키도는 쓰러진 소녀와 내 얼굴을 번갈아 보며 "어, 어째서 때렸는데도 돌아오지 않는 거야……. 어째서 카노가 둘이나 있는 거야……." 하고 잠꼬대처럼 중얼거렸다.

나는 상황을 거기까지 본 뒤, 힘차게 문을 닫았다.

그리고 그대로 전력으로 화장실까지 뛰어가 자물쇠를 잠그고 화장실 바닥에 무릎을 꿇었다.

"하느님, 이건 아니죠……."

최악이다.

있는지 어떤지도 모르는 하느님에게 푸념해봤자 어쩔 수 없지만 견딜 수가 없어서 신음했다.

누가 이런 일을 예상했을까.

「누나」는 공원에서 만났던 그 소녀였던 것이다.

굉장한 우연이다. 세상에 이런 일이 일어날 수 있나. 아니, 누가 이런 일을 꾸민 거야, 이리 나와. 절대로 용서하지 않겠어.

아니. 그뿐이라면 그나마 「우와, 우연이라니 굉장하네요—.」로 끝날 이야기였을지도 모른다.

하지만 소녀의 저 모습은 그야말로 키도의 보디블로를 먹었을 때의 모습이다. 내가 말하는 거니까 틀림없다.

짐작컨대 저 소녀는 방으로 뛰어 들어간 직후 「내가 누나야~!」 같은 말을 하며 자기소개를 했겠지.

이제부터 남매, 또는 자매가 될 우리 앞에서 그 행동은 그렇게 이상한 것도 아니고, 오히려 우리 입장에서 보면 행복한 일이다.

하지만 그런 사랑스러운 행동도 키도의 시점에서 생각해 보면 추악하게 돌변한다.

불안한 마음으로 「언니」를 기다리고 있는데, 현재진행형으로 사이가 나쁜 상대가 항상 변신하던 여자아이의 모습으로 "내가 누나야~!" 같은 영문을 알 수 없는 말을 하면서 방으로 뛰어 들어온 것이다.

뭐…….

"……그럼 때릴 만하지."

내 중얼거림을 지워 없애듯이 쾅쾅쾅! 하고 격렬한 노크 소리가 울렸다.

잇따라서 찰칵찰칵하고 문손잡이를 난폭하게 돌리는 소리가 울려 퍼졌다.

"끄아아아!"

나는 참지 못하고 비명을 질렀다.

"여기 있지. 나와. 빨리."

담담한 키도의 말이 나에게는 이미 「죽인다.」로밖에 들리지 않았다.

일주일 동안 고대했던 키도의 말을 이런 형태로 듣게 될 줄은 몰랐다. 정말 세상이란 최악이다.

"자, 잠깐 배가 아파서……."

"알았어. 지금 당장 편하게 해줄 테니 나오라니까."

"히익! 차, 참아줘 정말……! 이렇게 될 줄은 몰랐다니까……."

나는 아마 지금까지의 인생 중에서 가장 한심했을 음색으로 그렇게 말했다.

직후 쾅! 하고 문을 부술 듯한 노크 소리가 한 번 울려 퍼졌다.

「아, 이제 도망칠 수 없어. 이걸 맞으면 죽겠지—.」하고 각오한 나는 포기하고 문을 열었다.

키도의 형상은 이미 말할 필요도 없을 정도로 분노로 가득했다.

"뭔가 남길 말은?"

"……그럼 마지막으로 이것만은 말하고— 크헉!"

말하는 도중에 키도의 강렬한 일격이 명치에 깊이 박혔다. 나는 견디지 못하고 화장실 바닥에 털썩 쓰러졌다.

……이럴 거면 남길 말은 왜 물어본 거야.

아— 의식이 점점 멀어져간다.

세토여, 내가 없어도 키도에게 지지 말고 강하게 살아야 한다.

"……어머, 너……."

멀리서 누군가의 말소리가 들렸다. 도대체 누굴까.

"역시! 전에 공원에서 만났던 애다! 우와~ 굉장한 우연이네!"

사라져가던 의식이 여자애의 목소리에 의해 현세로 불려 되돌아왔다.

통증을 견디면서 허둥지둥 일어나니, 조금 전 웅크리고 있던 여자아이가 미소 지으며 나를 내려다보고 있었다.

세미 롱 검은 머리카락에 칠흑의 눈동자.

그날과 다르지 않은 여자아이의 모습이 그곳에 있었다.

"오랜만이네. 나 기억해?"

그 모습, 목소리, 냄새를 나는 하루도 잊은 적이 없었다.

「내일 또 놀자.」라고 말한 채로 이제 두 번 다시 만날 수 없을 거라고 생각했는데 설마 이런 형태로 재회하게 될 줄은…….

……뭐 장소가 화장실이라는 것이 좀 그렇지만.

"아, 배, 배는……."

때렸던 것이 신경 쓰이는지 키도가 걱정스러운 듯 여자아이의 배를 어루만졌다.

"응? 괜찮아! 괜찮아! 단련하고 있으니까!"

여자아이는 그렇게 말하더니 "에헴." 하는 기세로 가슴을 젖히며 "나는 웬만한 걸로는 죽지 않아!" 하고 덧붙였다.

"하지만 깜짝 놀랐어—! 갑자기 펀치를 맞았는걸! 우와~ 굉장한 필살기를 가지고 있구나."

여자아이는 그렇게 말하더니 씩 웃으며 키도의 머리를 쓰다듬었다.

키도는 쑥스러운 듯 굴면서 "미안해요……. 하지만 전부 카노 때문에—." 하고 아무렇지도 않게 모든 죄를 나에게 뒤집어씌웠다.

"아, 조금 전에도 그렇게 말했지. 어떻게 된 거야?"

여자아이는 그렇게 말하며 고개를 갸웃했다.

"아, 아니! 아니라니까! 여기에는 복잡한 사정이……."

죄책감을 느끼고 있던 나는 견디지 못하고 적당히 얼버무려버렸다.

"복잡한 사정? 호호오, 그거 매우 흥미로운데……."

게다가 어설프게 「복잡한 사정이—.」라고 말하는 바람에 여자아이의 관심을 끌어버렸다.

여자아이는 흥미진진한 모습으로 내 얼굴을 들여다보았다.

그 모습과 목소리와 냄새가 머릿속에 있던 소녀와 눈앞의 여자아이가 동일 인물이라는 것을 다시 깨닫게 해주었다.

그러고 보니 어째서 이 아이의 모습은 단 한 순간만으로 머리에 남은 걸까.

고양이의 모습을 기억하는 것은 시간이 엄청 걸렸는데.

내가 "음."이나 "아니~." 하고 애매한 태도를 취하고 있으니, 여자아이는 기다리다 지쳤는지 "음~ 뭐 상관없나."라고 말한 뒤 생긋 웃었다.

"그런 것보다도 자기소개하자! 자기소개! 응?"

여자아이는 그렇게 말하고 발길을 돌리더니 방으로 쿵쾅쿵쾅 돌아갔다.

그것을 본 키도는 내 얼굴을 한 번 언뜻 쳐다보는가 싶더니 "참고로 난 아직 용서하지 않았으니까. 나중에 제대로 설명해."라고 매섭게 내뱉은 뒤 여자아이를 쫓아갔다.

키도는 여전히 나를 적대시하고 있는 모양이다.

나는 두 사람이 방으로 들어간 것을 적당히 지켜본 뒤, 한숨을 크게 한 번 쉬고 방으로 돌아갔다.

*

방에 도착한 나는 세토를 적당히 달랬다.

세토는 "정말로 살해당하는 게 아닐까 싶었어요."라고 말하며 눈물지었지만, 아마 운이 좋았던 것뿐이겠지.

맞은 곳이 좋지 않았다면 죽었을 거다.

여자아이의 지시 아래 우리 셋은 나란히 앉아서 정면에 앉은 여자아이와 마주 보는 형태가 되었다.

"그럼, 자기소개 할게."

여자아이는「이때를 기다렸다.」라는 듯이 기세가 등등했다.

"나는 아야노. 타테야마 아야노! 부디 언니, 누나라고 불러줘!"

조금 전에 아야카 씨가「엄마라고 부르지 않아도~.」라고 말했던 것과는 대조적으로 아야노라고 이름을 밝힌 여자아이는 그렇게 말하며 있는 힘껏 가슴을 폈다.

"저, 저는 키도 츠보미. 잘 부탁합니다."

계속해서 키도는 그렇게 말하고 작게 웃었다.

그 모습을 본 세토가 뜻밖의 일에 몹시 놀란 표정을 지었다.

키도가 우리에게는 도저히 보여주지 않을 듯한 사근사근한 표정을 짓고, 게다가 나에게는 좀처럼 알려주지 않았던 이름을 간단히 밝힌 것이다. 놀라는 것도 무리는 아니다.

나는 「키도 주제에 꽤 고분고분하네—.」라고 투덜댈 뻔한 것을 참고 약간 재미없는 기분으로 그 모습을 보고 있었다.

이어서 세토가 "세토 코우스케입니다……." 하고 매우 짧게 자기소개를 했다.

하지만 제대로 말할 수 있었으니 세토 입장에서는 노력한 편이다.

세토는 우리와 처음 만났을 때 자기소개는커녕 침대에서 내려오는 데도 몇 시간이나 걸렸던 것이다.

그걸 생각하니 많이 성장했구나 싶어 감탄하게 되었다.

그리고 마지막으로 내가 "카노 슈야입니다. 잘 부탁해." 하고 자기소개를 했다.

그러자 지금까지 둘의 소개를 "응응." 하고 듣고 있던 여자아이가 "이제야 이름을 들었네."라고 말하며 웃었다.

나는 얼굴이 붉어질 것 같아서 "뭐, 응."이라고 말하며 고개를 숙였다.

"자~. 그럼 이름도 다 들었고 슬슬……."

자기소개가 끝나자마자 여자아이는 그렇게 말하고 안절부절못하기 시작했다.

그 모습에 우리 셋은 나란히 고개를 갸웃했다. 슬슬? 슬슬이라니 뭔 소리지?

말투로 살펴보건대, 처음부터 예정하고 있던 게 있는 모양이지만, 그 모습만으로는 진의를 파악할 수 없었다.

우리가 가만히 다음 말을 기다리고 있으니, 망설이던 여자아이는 김이 빠진 듯한 말을 꺼냈다.

"슬슬 누, 누나라고 불러주지 않을래?"

여자아이는 그렇게 말하며 우리 쪽을 힐끔 쳐다보았다.

"바, 반대로 누님이라고 불러도 괜찮아."

여지아이는 그렇게 말하고 계속해서 힐끔힐끔 눈짓을 했다. 뭐가 반대라는 걸까.

뭐야. 그런 건가.

요는 새로 생긴 형제자매인 우리에게 「언니, 누나」로 불리고 싶은 것이겠지.

살펴보니 세토는 멍하니 있었지만, 키도는 뭔가를 생각하는지 여러모로 고려하고 있는 모양이었다.

하지만 잠시 뒤에 "응." 하고 한 마디 하더니 여자아이를 "언니."라고 불렀다.

언니라고 불린 여자아이는 무척 기뻤는지 "츠보미~! 귀여워, 귀여워!"라고 말하며 키도를 한참 동안 쓰다듬은 뒤, 기세 좋게 나와 세토 쪽을 돌아보았다.

그 반짝반짝 빛나는 눈에는 「다음은 너희가 누나라고 부를 차례네.」라고 적혀 있어서, 나와 세토는 그 위압감에 주춤했다.

"왜, 왜 그러는 거야? 누나라고 불러봐. 자……."

그렇게 말하며 조금씩 다가오는 여자아이의 얼굴은 조금 위험해 보일 정도로 진심이었다.

세토가 견디지 못하고 "누, 누나!" 하고 외쳤다.

명백하게 「빨리 끝내버리자.」 하는 느낌이 들었지만, 여자아이는 그런 건 신경 쓰지 않는다는 태도로 "잘 부탁해~! 코우스케~!"라고 말하며 세토의 머리를 쓰다듬었다.

세토는 의외로 행복해 보였다.

남겨진 것은 나뿐이었다.

여자아이의 눈이 나를 붙잡고 다시 조금씩 조금씩 다가왔다.

뭐, 그런 건 말해버리면 편하겠지만, 솔직히 나는 이 아이를 「동갑」이나 「한 살 아래」 정도로 생각했기 때문에 상당한 위화감이 들었다.

하지만 그런 내 생각을 짐작할 리도 없이, 여자아이는 "자아~ 누나야~."라고 말하며 눈앞까지 바싹바싹 다가왔다.

그만두자. 단념하고 나도 그렇게 부르도록 하자. 위화감이 들기는 하지만, 입 밖으로 꺼내면 별거 아니겠지.

"누, 누나(姉ちゃん)[#2]."

그렇게 여자아이를 부른 순간, 마음속에 있던 뭔가가 슥하고 조용해진 것 같았다.

적어도 그렇게 불러본 것으로 내 뇌는 눈앞의 여자아이를 「누나」라고 인식하기 시작한 모양이다.

여자아이는 내 말에 놀란 것처럼 눈을 끔뻑거리더니 "누나(姉ちゃん). 그게 있었구나." 하고 영문을 알 수 없는 소리를 했다.

도대체 무슨 이야기인지 내가 멍하니 있으니, 여자아이는 "응. 뭐 좋아! 잘 부탁해, 슈야."라고 말하며 내 머리를 쓰다듬었다.

내 안에서 눈앞의 여자아이가 「누나」가 된 순간이었다.

누나가 쓰다듬어주는 것은 아야카 씨가 쓰다듬어주는 것과는 달리 안타까움 같은 것이 있었다.

내가 너무나 부끄러운 나머지 슬쩍 도망가자, 누나는 볼을 부풀리며 "지금 도망친 거지~."라고 말했다.

그야, 다른 애들 앞에서 머리를 쓰다듬으면 부끄럽잖아.

#2 누나(姉ちゃん) 여기서 카노가 아야노를 부르는 표현인 姉ちゃん(네짱)은 세토나 키도가 아야노를 부를 때 쓴 お姉ちゃん(오네짱)보다 친근하고 귀여운 표현.

도망치고 싶어질 만도 하지.

"한 번 더."

어째서인지 그렇게 말하며 손을 뻗고 얼굴을 찌푸린 누나를 거스를 수 없었다.

누나가 「여자아이」였을 때라면 뺀질거리며 몸을 돌려 피했을 테지만, 아무래도 누나라고 생각하니 그렇게 할 수가 없었다.

단념하고 다가가자, 누나는 "좋아~ 좋아."라고 말하며 내 머리를 이리저리 쓰다듬었다.

너무 부끄러워서 뻣뻣하게 굳어 있으니, 그 모습을 지켜보던 키도가 히죽 웃고 있는 모습이 보였다.

……이건 언제까지 계속될까.

그때의 나는 빨리 끝나기를 바라기도 했고, 언제까지나 계속되길 바라기도 했다.

지금 생각하면 나는 생전의 어머니에게 느꼈던 감정을 누나에게서 느끼고 있었던 걸지도 모른다.

여하튼 나는 이날 이때부터 「마지막의 마지막」까지 단 한 번도 누나에게 거스를 수 없게 되었으니까.

어느 날 길 위에서

집을 향해 어둑어둑한 밤길을 묵묵히 나아가고 있었다.
더위도 추위도 느껴지지 않았다.
마치 모든 감각이 미쳐버린 것 같았다.

마지막으로 본 누나의 모습이 짙은 주황빛과 함께 눈에 새겨져 있었다.
나는 이제 앞으로 어디로 가면 좋을지, 무엇을 하면 좋을지 잘 알 수가 없었다.

적어도 그 뱀이 말한 대로 해야만 한다.
내가 그렇게 하지 않으면, 남은 두 사람이 심한 꼴을 당하게 된다.
그 뱀이 「죽이겠다」고 말했다. 뱀이 말한 것을 지키지 않으면 분명 한없이 냉혹하고 잔인한 방식으로 그 말을 현실로 만들겠지.

나는 이제 멋대로 죽는 것도 용납되지 않았다.

그렇다고 다른 애들에게 말할 수도 없었다.

머릿속에 남은 그 뱀의 말만이 휘청거리는 내 발을 나아가게 하는 원동력이 되었다.

"하아…… 하아…… 우왓!"

몽롱한 머리로 비틀비틀 걷다 보니 다리가 꼬여서, 나는 땅바닥에 쓰러져버렸다.

콘크리트 도로 위에 있는 힘껏 무릎이 쓸리자마자 격렬한 통증이 몰려왔다.

"읏……!"

가까이 있던 전봇대에 손을 짚으며 일어났다.

그러고 보니 집으로 돌아가기 전에 원래 모습으로 돌아가야 했다. 마침 잘된 일인지도 모른다.

언제까지나 누나의 모습으로 있으면 그 뱀에게 또…….

……뭘 하고 있는 걸까. 나는.

어째서 매우 좋아하는 누나가 죽었는데, 누나의 시체 흉내를 내고 찰칵찰칵 플래시를 받으며 적당한 사진이 나올 수 있게 해야 하는 거지. 너무, 너무 가혹하잖아.

차라리 단숨에 죽여주면 좋을 텐데, 어째서 그렇게 해주지 않는 거야.

“제길…… 제길……!”

분하고, 한심해서, 어떻게 할 수가 없었다.

나는 어쩌면 좋지. 누군가 도와줘, 누군가…….

“아야노……? 역시. 아야노잖아.”

목소리가 들리는 쪽을 돌아보니, 가로등의 희미한 빛 아래에 키사라기 신타로의 모습이 있었다.

“무슨 일이야, 그런 곳에서—.”

이상해. 통증을 느꼈는데도 어째서 원래 모습으로 돌아가지 않은 거지?

……위험해. 최악이다. 하필이면 이 녀석과 만나다니…….

“뭐야? 몸이라도 안 좋은 거야? ……아, 너 그거지. 보충수업에서 선생님에게 뭔 소리 들은 거 아냐? 정말이지, 너는 평소에 공부를 하지 않으니까 그렇게 되는 거야. 요전에도 모처럼 공부를 가르쳐줬는데도—.”

“……닥쳐.”

“뭐, 뭐야……. 그렇게 노려볼 건 없잖아……?”

나는 키사라기 신타로를 밀어내고 걷기 시작했다.

"어이! 너 무슨 일 있어? 뭔가 이상하잖아!"

키사라기 신타로의 말에 마지막으로 뒤돌아본 나는 이렇게 내쏘았다.

"전부 너 때문이야. 아무것도 눈치채지 못했던 너의―."

야화 디세이브 5

밤이 바로 지척까지 다가와 있었다.

창밖의 직사각형 빌딩에 조금씩 삼켜져가던 태양은 내가 눈을 깜빡인 순간 희미한 잔광을 남기고 사라져버렸다.

주황빛 역광 속 집들이 서서히 칠흑의 옷을 입기 시작했다. 이렇게 되면 이제 아무도 밤을 막을 수 없다.

그렇다. 처음부터 이 세계의 규칙에는 정이라는 것이 없다.

당연히 되감기도 없거니와 빨리 감기도 없다. 누가 죽든 살든, 변함없는 속도로 계속해서 돌아가는 것이 이 세계인 것이다.

멍하니 창밖을 응시하고 있던 나는 그런 지극히 당연한 일을 새삼 실감하고 있었다.

등을 대고 누운 채로 응시하고 있던 창에서 눈을 떼고 뒹

굴 옆을 봤다.

눈에 들어온 책장에는 한동안 손을 탄 적 없는 특촬물의 영웅을 다룬 책이 가지런하게 꽂혀 있었다.

그 책 속에서 활약하는 영웅을 상상하면서 즐겁게 영웅 놀이를 했던 게 언제였더라.

비밀조직 흉내를 내며 주변을 뛰어다니던 것은 언제였을까.

떠올리면 떠올릴수록, 요 몇 년 동안 정말로 많은 일이 있었던 것 같다.

학교에 다니려고 했지만 적응하지 못하고 결국 모든 것을 망쳐버렸을 때, 우리 셋은 분해서 밤새도록 울었다.

모처럼 아버지와 어머니가 사준 필기 용품과 교과서와 교복을 전부 헛되게 만들어버린 것이 정말로 죄송스러웠다.

“힘내서 다녀오렴.” 하고 말해주었는데 그것에 보답하지 못했던 것이 정말로 분했다.

세토가 자신의 능력을 견디지 못해서 마을을 떠나려고 했던 것도 분명 그 무렵이었을 것이다.

뛰쳐나가는 것 같더니 밤이 돼도 돌아오지 않아서 한때는 어떻게 될까 걱정했었다.

당연히 가족이 총출동해서 찾아다녔지만, 솔직히 도중부터는 큰 소리로 흐느껴 우는 누나를 달래는 쪽이 더 큰일이었다.

다음 날 돌아온 세토가 입을 열자마자 「귀여운 여자애를 만났다.」라고 말했을 때는 분노를 넘어서 어이가 없었다.

아니나 다를까 키도에게 흠씬 두들겨 맞았지만, 이상하게도 그 이후로 세토의 능력이 폭주하는 일도 줄어들었다.

그것은 어딘가의 숲에서 만났다는 「귀여운 아이」 덕분인 걸까.

최근까지도 사이좋게 지내는 모양이지만, 좀처럼 우리에게 소개하지 않는 걸 보면 이것은 어쩌면 그렇고 그런 것일지도 모른다.

키도도 예전에 비하면 온화해져서 어느샌가 능력 때문에 곤란해지는 일도 줄어들었다.

「요령을 터득했다.」라고 자랑스럽게 이야기하긴 했지만, 키도가 마음먹은 대로 나타나거나 사라지는 것도 약간 성가신 일이었다.

전에 세토와 시시한 이야기를 하고 있을 때 느닷없이 옆에서 "그거 무슨 의미야."라고 말을 걸었을 때는 심장이 멈추는 줄 알았다.

그러고 보니 세토와 키도 사이에서 발발했던 「존댓말 문제」도 세토의 노력으로 최근에 간신히 종결을 맞이하게 된 모양이다.

애초에 키도가 존댓말을 싫어했던 것은 예전에 살던 집의 사람이 존댓말로 비아냥거렸던 것이 원인인 듯, 「친구에게는 듣고 싶지 않다」는 것이 키도의 주장이었다.

세토는 키도에게 그 이야기를 들은 뒤로 존댓말을 쓰던 버릇을 고치려고 더더욱 기를 썼고, 그 끝에 어쩐지 이상한 말투를 사용하게 되어버렸다.

요즘 들어서야 그 이상한 말투에도 익숙해졌지만, 사실은 약간 쓸쓸한 기분도 든다.

하지만 세토와 키도도 예전보다 사이가 좋아졌으니 이걸로 된 것이겠지.

두 사람은 바뀌려고 노력해서 바뀐 것이다.

바뀌지도 않고 바뀌려고 노력도 하지 않는 것은 방 한가운데에 이렇게 있는 나뿐일지도 모른다.

전에도 이렇게 하루 종일 아무것도 하지 않고 방 안에서 이런저런 생각을 했던 적이 있었다.

어머니가…… 아니, 「나를 낳아준 어머니」가 죽었을 때다.

그때는 진심으로 이대로 미지근한 물속을 부유하는 듯한 인생이 계속될 것이라고 생각했다. 「행복」이라는 것을 바라는 것조차 하지 않았다.

하지만 실제로는 어떤가.

나는 좋은 새 부모님과 좋은 형제자매를 만난 뒤로 매일을 웃으며 보내게 되었다.

정말 뜻밖의 일이라고 생각했다. 세상이 지금까지 열심히 노력한 우리에게 「행복해져라.」라고 말해주고 있는 것이라고 생각했다.

한 달 전.

「나를 지금까지 키워준 어머니」인 아야카 씨가 죽은 그날까지, 나는 정말로 그런 어리석은 생각을 진심으로 하고 있었던 것이다.

"……어째서 이런 일이 일어나는 거야."

나는 견디지 못하고 불평을 내뱉었다.

세상에 귀가 있다면 이런 불평이라도 할 수 있었을까.

아니, 그럴 일은 없다. 만약 그런 것이 있었다면, 나는 불평도 하지 않고 그 귀를 잡아 뜯었을 것이다.

세상에 「생각」이 있었다면 그 뇌를 끌어내서 땅바닥에 내동댕이치고 짓밟았겠지.

생각하면 생각할수록 내장이 끓어올라 입 밖으로 튀어나올 것 같았다.

도대체 우리가 무슨 짓을 했다는 건가.

「세상의 전부」를 받아들이고 「부조리」에 눈물을 참으며

「불합리」에 이를 악물어서, 간신히 「행복」을 손에 넣는가 싶었더니 이렇게 되었다.

어째서 이렇게 쉽고 간단하게 빼앗겨버리는 걸까.

세상이라는 녀석은 우리가 작은 행복을 손에 넣는 것조차 마음에 들지 않는다는 말인가.

도대체 어디의 누구냐. 이런 빌어먹을 세상을 만든 녀석은…….

"뭘 그렇게 우울해하고 있는 거야."

나는 느닷없이 들린 그 목소리에 놀라서 몸을 일으켰다.

저지에 스웨트를 입은 키도가 나를 내려다보고 있었다.

부스스하고 짧았던 머리도 어깨까지 길러서 완전히 여자아이다워졌다고는 하지만, 키도의 표정은 여전히 차가웠다.

"이, 있었어?"

언제부터 이렇게 내려다보고 있었던 걸까. 키도의 능력 앞에서는 전혀 예측할 수가 없었다.

"왜 그렇게 기운이 없어?"

키도는 변함없이 무표정했지만, 아무래도 내가 걱정되는 모양이다.

그것을 눈치챈 나는 허둥지둥 얼굴에 「미소」를 갖다 붙였다.

"아니 아니! 별로 우울하지 않아. 오히려 엄청 기운이 날 정도인걸. 아, 혹시 혼자 자고 있어서 걱정했어? 키도도 참 귀~엽네~ 아얏!"

내가 실실 웃으면서 그렇게 말하자, 키도가 갑자기 주먹으로 때리기 시작했다.

"뭐, 뭐 하는 거야, 갑자기!"

아픈 머리를 누르면서 호소하자, 키도가 천천히 입을 열었다.

"……역시 울고 있잖아. 거짓말쟁이."

키도의 말을 듣고 나는 깜짝 놀랐다.

갖다 붙였던 「미소」가 떨어져 있었다. 통증으로 인해 속이는 능력이 풀려버린 것이다.

"으……."

벗겨진 미소 아래에 숨겨두었던 맨얼굴은 어떤 식으로 보이고 있을까.

생각지도 못하게 우는 얼굴을 들킨 나는 견디지 못하고 고개를 숙였다.

"아, 아니야 아니야! 안 울었다니까! 싫다, 정말……."

이런 하잘것없는 통증에 풀려버리다니, 정말 쓸모없는 능력이다.

허둥지둥 눈물을 훔치며 얼버무렸지만, 우는 얼굴을 들켜버린 사실은 변하지 않기에 정말로 무의미한 행동일 뿐이었다.

키도는 한숨을 크게 쉬는가 싶더니 웅크리고 앉아 "바보."라고 중얼거렸다.

"바, 바보라니……."

대꾸할 말조차 떠오르지 않는 나와는 대조적으로, 키도는 딱 부러진 말투로 말했다.

"딱히 무리하지 않아도 되잖아. 그런 짓 하면 안 돼."

키도의 말은 지당했다. 이래서는 「걱정해주세요.」라고 말하는 것과 다름없다.

"……미안. 내가 잘못했어."

마땅히 변명할 말도 떠오르지 않아서, 나는 솔직하게 사과했다.

요 한 달 동안 키도도 견딜 수 없는 기분으로 지내고 있었을 것이다. 사실 몇 번이나 울고 있는 모습을 봤다.

사실은 나를 신경 쓸 여유도 없을 텐데 무리하게 만들다니, 나는 엄청난 바보 자식이다.

"카노는 바보니까 어쩔 수 없지. 용서해줄게."

키도가 입을 배쭉거리면서 한 그 말에 살짝 안심했다.

"앞으로도 계속 때려줄게."

그리고 단숨에 불안해졌다. 나는 아마 오래 살지 못하겠지.

"아하하……. 아, 그러고 보니 뭐 하러 온 거야? 무슨 볼일이라도 있어?"

“아, 그랬지. 언니가 밥 다 됐대. 아버지랑 세토도 벌써 기다리고 있어.”

키도는 그렇게 말하고 문 쪽을 가리켰다.

“어, 다들 돌아왔어?! 우와아, 미안 미안, 바로 갈게!”

내가 그렇게 말하며 일어나자, 키도는 “손이 많이 가는 녀석.”이라고 말하며 코웃음 치고 일어섰다.

그 말에는 동의한다. 나도 그렇게 생각한다. 하지만 말은 퉁명스럽게 해도, 키도는 사실 항상 다정했다.

아— 나는 또 무슨 착각을 하고 있었던 걸까. 아직 이렇게 행복하잖아.

혼자 남겨졌던 그 시절과는 다르다. 이렇게 때려주는 다정한 사람이 있지 않은가.

살아가야만 한다. 행복해져야만 한다.

내가 불행해지면 다른 가족들까지 함께 불행해진다.

……그렇다. 이런 세상이 바라는 대로 하게 놔둘 것 같으냐. 끝까지 살고, 살아남아서 반드시 행복해지겠어.

“오늘 메뉴는 뭘까~. 또 터무니없는 게 나오지 않았으면 좋겠는데.”

“아마 괜찮을 거야. 살짝 이상한 냄새가 났지만.”

“저, 정말……. 아니, 나는 요리를 못 하니까 불평도 할 수 없지만 말이지. 키도는 요리 잘하니까 가끔은 키도가 만들어줬으면~ 싶은데…….”

“그건 별로 상관없지만, 언니가 자신이 하겠다면서 고집을 부리니까 어쩔 수 없잖아.”

나와 키도는 그런 대화를 나누면서 가족들이 기다리는 식탁으로 향했다.

예상대로 저녁은 미묘한 맛이었지만, 그날 나는 오랜만에 가족과 우스갯소리를 했다.

*

봄의 어느 날.

나는 집 근처의 작은 공원에 와 있었다.

오늘 아침 누나에게 "상담하고 싶은 게 있으니까 공원으로 와."라는 말을 들었기 때문이다.

드문드문 있는 놀이 기구 중에 그네를 택해 앉은 나는 딱히 뭘 하지도 않고, 그저 막연히 하늘을 올려다보고 있었다.

뭐, 누나가 갑자기 이상한 말을 꺼내는 것에는 익숙해져 있었다. 아니, 이렇게 의미가 명확한 경우라면 오히려 고마울 정도다.

여하튼 예전에 누나가 "뭔가 재미있는 걸 하러 가자."라고 말을 꺼냈을 때는 한밤중까지 같이 벌레를 잡으러 다녀야 했던 것이다.

그에 비하면 「공원에서 이야기」하는 것은 매우 편한 쪽이다. 물론 이야기만으로 끝났을 때의 이야기지만.

하지만 일부러 공원 같은 곳으로 불러내면서까지 하고 싶은 말은 도대체 뭘까. 그렇게 가볍게 할 수 있는 이야기는 아니라는 건가.

그러고 보니 누나는 최근 왠지 침울해 보였다.

원래 누나는 「엄청」이 붙을 정도로 무사태평한 사람이다. 그런 누나가 침울해져 있으니, 오늘 상담할 내용은 그 원인이라고 봐도 틀림없겠지.

그래, 고등학교에 입학한 뒤로 공부도 어려워진 모양이고, 어쩌면 그에 관한 이야기인 것은…….

아니, 그렇다면 일부러 나에게 상담하려고 하지는 않을 것이다. 그런 건 아버지에게 상담하면 되니까.

그럼 공부 이외에 고등학교 생활에 대한 고민일까. 그래, 예를 들면…….

"……연애라든가."

나는 내가 한 말에 순식간에 당황하기 시작했다.

아니, 누나에게 그럴 일은 없겠지. 영웅이 나오는 특촬물과 소년 만화의 지식으로 구성되어 있는 듯한 사람이다.

그런 순정 만화 같은 머리를 지니고 있을 리가 없다. 아니, 있을 수 없겠지. 응, 있을 수 없어, 있을 수…….

"어? 있을 수 없지?!"

나는 견디지 못하고 그네에서 일어났다. 널조각을 매단 사슬이 짤랑짤랑하고 요란한 소리를 냈다.

아니, 그런 것은 누나의 마음이니까 내가 딱히 이러쿵저러쿵할 부분이 아니라는 것은 물론 잘 알고 있다.

하지만 실제로 누나가 누군가를 좋아하기라도 하면 어떡

하지.

그 상대가 어딘가의 개뼈다귀 같은 돼먹지 못한 녀석이라면 어떡하지.

……피의 축제다.

가족이 총출동해서 철저하게 때려눕힐 게 틀림없다.

특히 아버지에게 걸리는 날에는 그야말로 지옥도가 펼쳐지겠지.

아마 그 남자는 처음부터 이 세상에 존재하지 않았던 것이 되겠지. 물론 나도 가세할 것이다.

하지만, 하지만 말이다.

만에 하나라도 누나가 그렇게 되었다 치고, 더더군다나 누군가에게 상담하고 싶어 한다면.

세토는 부끄러워해서 도움이 되지 않을 테고, 키도는 훨씬 더 도움이 되지 않겠지.

아버지는 논외로 치면, 남는 가족은 단 한 명.

"……나라는 말이야? 으아아…… 부담돼……."

적당히 한 억측이지만 묘하게 현실감이 있었다.

고등학생이 되면 보통 남자 친구 한 명이나 두 명 정도는 만든다고 들었다. 아니, 뭐가 한 명이나 두 명이냐, 농담하지 마. 절대로 용서하지 않겠어.

하여간 부정할 수 있는 게 아무것도 없다.

「사랑에 빠져버려서~.」 같은 말이 누나 입에서 튀어나온다고 해도 전혀 이상할 게 없다.

그러고 보니 누나가 예전에 「좋은 친구가 생겼다」고 말했었다.

분명 그 녀석과 작년에 그 「이상한 사격 게임」의 부스가 있었던 학교 축제에도 갔을 것이다.

게다가 입학한 고등학교에서도 같은 반이 된 모양이다.

그렇다는 말은—.

"……그 자식인가."

기껏해야 억측으로 인한 가상의 적을 상대로, 나는 완전히 「사냥꾼의 눈」을 하고 있었다.

만에 하나 누나에게 손이라도 대봐. 그런 짓을 하는 날에는…….

"미안~ 내가 늦었지~."

기운 좋은 목소리와 함께 누나가 퉁탕거리며 나타났다. 겨울용 교복을 입고 평소처럼 목도리를 두른 그 모습은 어느새가 완전히 고등학생처럼 보였다.

나는 예의 억측을 일단 머릿속으로 집어넣고 누나에게 반응했다.

"어떻게 된 거야, 누나. 별로 그렇게 서두르지 않아도 괜찮았는데."

"아니 아니~ 기다리게 만들면 미안해서."

누나는 그렇게 말하며 "에헤헤." 하고 수줍어했다.

옛날부터 이렇게 천진한 부분은 변함이 없었지만, 고등학생이 된 누나는 꽤 어른스러워진 것 같았다.

팔은 안으로 굽는다고 하듯 그래서일지도 모르지만, 이렇게 좋은 아이는 좀처럼 없을 것이라고 생각한다.

"갑자기 미안해~. 이렇게 불러내서."

"별로 상관없어. 평소에도 갑작스럽게 굴잖아. 그래서 무슨 이야긴데?"

"아, 응. 저기……."

누나는 내가 물어보자 약간 말을 꺼내기 어려운 것처럼 보였다.

가만히 기다리고 있었지만, 누나는 좀처럼 입을 열지 않더니 마지막에는 풀이 죽어버렸다.

"왜, 왜 그래?"

"아니, 좀 말하기 어려운 거라서. 뭐부터 이야기하면 좋을까 싶어서~."

누나는 그렇게 말하며 얼버무렸지만, 역시 영 상태가 좋아 보이질 않았다.

조금 전까지 머릿속으로 전개했었던 억측이 조금씩 고개를 들었다.

"뭐, 뭐야, 그렇게 진지한 이야기인 거야……?"

설마 정말로 남자에 대한 이야기인 것은 아닐까 하고 내가 안절부절못하기 시작하자, 누나는 결심을 굳혔는지 천천히 입을 열었다.

"……아니, 있지. 엄마가 말이야…… 죽은 이유 말인데—."

"어어?"

마음의 준비를 하고 있던 이야기와는 전혀 다른 이야기에, 나는 이상한 목소리로 대답해버렸다.

"엄마 말이야, 토사 붕괴에 휘말려서 그렇게 됐다고 했잖아?"

누나는 눈을 내리깔면서 말을 이었다.

내 새어머니…… 아야카 씨는 민속학과 고고학 등을 연구하는 「고고학자」라는 일을 하고 있었다.

그런 희한한 일의 성격상 집에 없는 날도 많고, 이곳저곳을 돌아다니는 모양이었다.

그날도 뭔가를 조사하고 있었는지, 아버지와 함께 어딘가를 향해 가고 있었다는 이야기였지만…….

"그날도 뭔가 조사하고 있었다고 했잖아? 그건 나도 들었지만……."

"응, 그건 맞는데 말이야……. 아, 어디 앉지 않을래? 이 구두가 아직 길들지 않아서—."

누나는 그렇게 말하며 로퍼의 끝 부분을 통통 울렸다.

우리는 우선 가까이에 있는 벤치에 앉기로 하고 이야기를 계속했다.

"이거 말인데……."

누나는 그렇게 말하며 가방 안에서 한 권의 노트를 꺼냈다.

낡지는 않았지만 적혀 있는 것이 많은지, 모서리 부분이 구깃구깃했다.

표지에는 정성껏 쓴 손 글씨로 「『괴물』에 대한 조사 기록」이라고 적혀 있었다.

"뭐야 이 『괴물』이라는 건……. 그보다 이거 어머니가 쓰던 거야? 어째서 또 이런 걸……."

내가 받아 들려고 손을 뻗자, 누나는 내밀고 있던 노트를 팍하고 도로 당겼다.

"왓. 뭐, 뭐야. 읽으면 안 되는 거야?"

"자, 잠깐 기다려! 미안……."

누나는 그렇게 말하더니 노트를 배 쪽으로 끌어안았다.

살펴보니 몸은 부들부들 떨고 있고 눈가에는 희미하게 눈물이 맺혀 있었다. 아무리 봐도 예사롭지 않은 모습이었다.

"왜 그래? 어디 아파……?"

내가 등을 쓸어내리자, 누나는 가냘프게 "으으, 미안해."

하고 목소리를 흘렸다.

"아픈 게 아니야. 단지 조금 무서워서……."

조금 전부터 질질 끄는 말투에 내 머리는 혼란스러워지기 시작했다. 이 노트에 뭔가 무서운 내용이라도 적혀 있다는 것일까.

「『괴물』에 대해서」라니 어마어마한 제목이다. 그럴 가능성은 충분하다.

누나는 자신을 진정시키려는 것처럼 두세 번 심호흡하고 다시 마음을 굳힌 듯 말하기 시작했다.

"미안해, 왠지 질질 끄는 것처럼 되어버려서. 이 노트는 슈야에게도 보여주려고 생각했는데 말이야. ……보기 전에 잠시 얘기 좀 해도 괜찮을까?"

누나는 내 눈동자를 들여다보면서 그렇게 말했다. 그 눈에는 각오를 굳힌 듯 강한 의지 같은 것이 느껴졌다.

"그야, 물론이지. 뭐든 다 들어줄게."

내가 그렇게 말하자 누나는 약간 슬퍼 보이는 표정으로 "고마워."라고 대답한 뒤 본론으로 들어갔다.

"슈야는 기억해? 어린 시절에 다 같이 「비밀 조직 놀이」하며 놀았던 거."

"응, 기억해. 다들 파카를 입고 놀았던가. 분명 이름은……."

"……『메카쿠시단』."

내가 떠올리려고 할 때, 누나의 입에서 그리운 단어가 튀어나왔다.

그렇다. 어린 시절에 하던 놀이는 꼭 「비밀 조직·메카쿠시단 놀이」였다.

"모두가 지닌 『눈의 힘』은 우리 네 명만 아는 비밀이었지. 우리의 눈을 가리는…… 메카쿠시단. 지금 생각하면 살짝 부끄러운 이름일지도."

누나는 그렇게 말하며 쑥스러워했다.

분명 그럴지도 모른다. 빈말로도 멋진 이름이라고는 할 수 없겠지.

하지만 나는 그 이름이 좋았다.

이제 와서 생각하는 것이지만, 사람들이 두려워하고 몹시 싫어한 우리의 「눈」을 누나가 놀이로 만들어서 가려주려고 했던 것이 그 메카쿠시단이었다.

자신을 단장이라고 부르며 우리가 「눈」을 가리기 쉽도록 파카를 장만해서, 우리가 미소 짓게 만들어준 것은 다른 누구도 아닌 누나였다.

하지만 어째서 지금 그 이야기를 하는 걸까. 나는 아직까지 이 화제의 갈피를 잡을 수가 없었다.

"어째서 다시 그런 이야기를 하는 거야? 누나가 상담하고 싶은 것과 관계있어?"

"……응."

누나는 그렇게 말하고 한 번 더 크게 심호흡을 한 뒤, 다시 천천히 말하기 시작했다.

"엄마 말이야. 모두의 『눈의 힘』에 대해 처음부터 전부 알고 있었대. 모두가 그 때문에 괴로워하는 것도 알고 있었어."

"뭐?! 거, 거짓말! 우리는 필사적으로 숨겼어! 이 집에서만큼은 절대로 쫓겨나지 않도록……!"

"알아, 알고 있고말고. 하지만 엄마는 그 『뱀의 힘』으로부터 모두를 구해내려고 했어……. 나…… 그런 것도 전혀 모르고……."

누나는 그렇게 말하더니 눈물을 흘렸다. 말라 있던 땅바닥에 점점이 작은 얼룩이 생겨났다.

누나는 흐르는 눈물을 닦으려고도 하지 않고 노트를 강하게 끌어안으며 오열을 토해냈다.

"너무 일이 커져버렸어……. 어떡하지…… 다들 죽을지도 몰라……!"

나는 무력했다.

흐느껴 우는 누나 앞에서 아무 말도 할 수가 없었다.

느닷없이 들이밀어진 현실을 이해조차 할 수 없었다.

그래, 나는 무엇 하나 알지 못했던 것이다.

『괴물』이라고 불린 슬픈 존재에 대한 것도, 우리에게 깃든 「저주」에 대한 것도, 아버지에 대한 것도…….

그때 이미 우리에게 아주 조금 남겨진 「행복」은 구제할 길 없을 정도로 완전히 썩어버렸던 것이다.

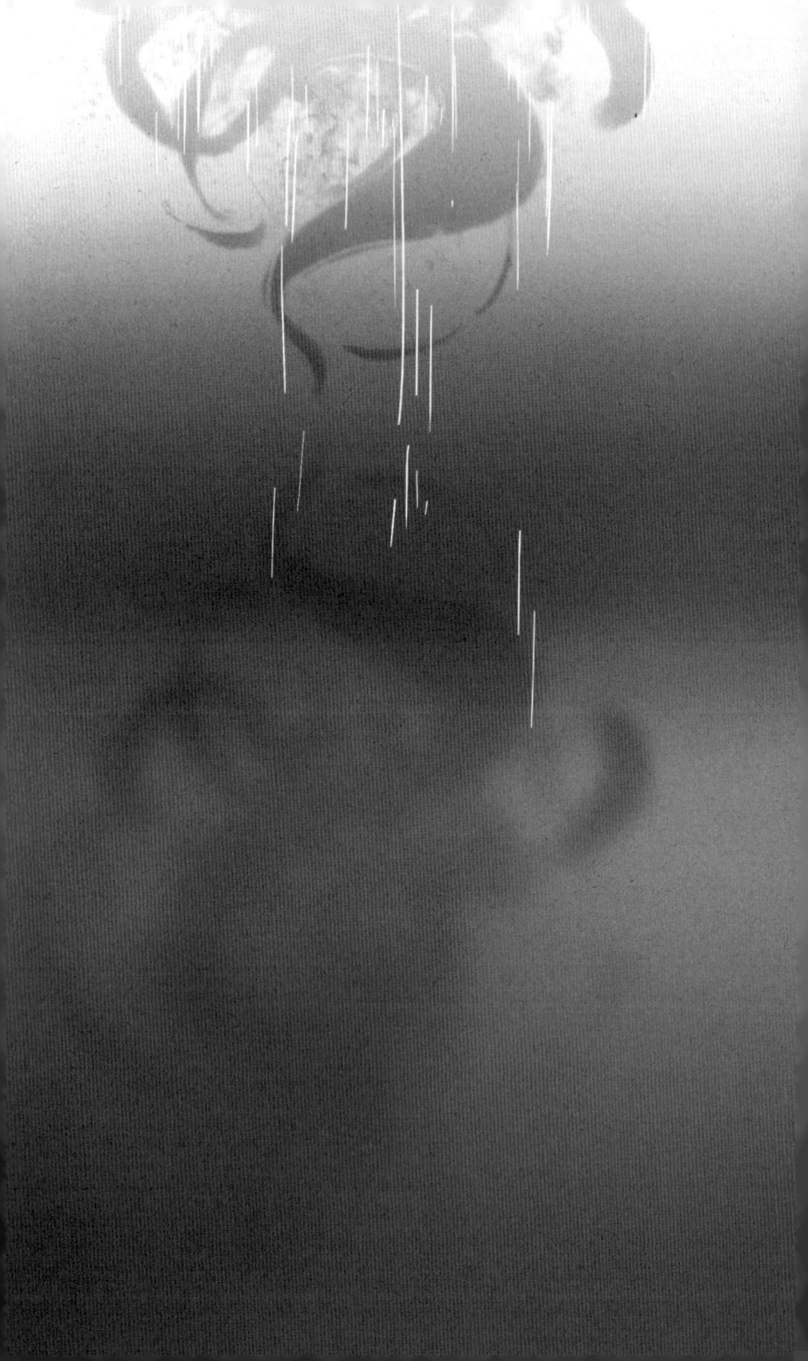

*

"……역시 아빠에게 씐『눈을 맑게 하는 뱀』은 아빠의 소원을 이뤄주려고 하고 있는 모양이야."

"소원……."

"그래.『어머니와 한 번 더 만나고 싶어.』라는 소원."

"그, 그런 게 가능해?"

"『이쪽 세계』에 괴물을 만들면 가능하대. 그렇게 하면『저쪽 세계』에 삼켜진 사람과 만날 수 있다고……."

"그, 그거 최고잖아! 우리도 돕자, 그거……."

"안 돼!"

"어……?"

"……괴물을 만들기 위해서는 목숨을 대신하고 있는 뱀을 모아야 한대. 모은 뱀을 하나로 합쳐야 한다고……. 그러니까……."

"그건 우리의……?"

"나도 어머니와 만나고 싶어……. 하지만 그 대신에 모두가 죽어버리다니, 절대로 안 돼……!"

"누나……."

"……엄마는 마지막까지 모두를 걱정하고 있었는걸. 그런데 그런 짓을 하면 절대 안 돼……!"

*

"누나 선배들이라는 건…… 그 사람들?"

"맞아, 슈야도 학교에서 만났지? 타카네 씨랑 하루카 씨. ……그 뱀이 타카네 씨랑 하루카 씨에게 저쪽에 있는 남은 뱀을 씌우려 하고 있어. 아마 저쪽 세계로 삼켜질 거라고 생각해."

"그 말은 사람을 죽인다는 거야?! ……아, 아무리 그래도 그런 짓을 하면 경찰 같은 게 가만히 있지 않을 거야!"

"슈야가 학교에 가 준 동안, 계속 조사하고 있었어. 그 뱀은 이미 아빠의 몸으로 나쁜 짓을 잔뜩 저지른 것 같아. ……엄청난 금액의 돈도 가지고 있어. 병원과 학교와 경찰도…… 좀 더 훨씬 거대한 곳의 나쁜 사람들도 분명 저 뱀에게 협력하고 있을 거야……."

"그, 그런……."

"저기, 슈야. 나는 저 뱀과 이야기해보려고 해. 이제 그것밖에는 없다고 생각해서……."

"뭐?! 그런, 이야기 같은 게 될 리가 없다니까! 사람을 간단하게 죽이려고 하는 녀석이라고?! 제대로 대화조차 할 수 있을지……!"

"그럴까—? 하지만 봐, 나는 바보니까 반대로 맥이 빠져서 이야기해줄지도?"

"농담하지 마! 누나까지 없어지면, 우리는……."

"무슨 말을 하는 거야. 물론 나도 계~속 모두와 함께 있을 생각이야. 그러니까 울지 마."

"싫어…… 그런 건 싫어……. 누나가 없는 세상 따위 그런 건……!"

"괜찮다니까. 슈야, 잊었어? 누나는 『메카쿠시단』 단장인걸? 그런 녀석 한두 마리쯤은 식은 죽 먹기야! 그러니까 슈야…….

세상을 싫어하지 말아줘. 분명, 모두 행복해질 테니까."

*

"누나! 안 돼!"

나는 견디지 못하고 문을 벌컥 열어젖히며 뛰어나갔다.

사납게 불어대는 저녁 바람에 옥상 끝에 선 누나의 검은 머리카락이 부스스하게 나부꼈다.

그 근처 일대를 물들이고 있는 주홍빛으로 에워싸인 누나의 모습은 덧없고, 당장에라도 하늘 속으로 빨려 들어가 버릴 것만 같았다.

"슈야……!"

누나는 놀란 표정으로 내 이름을 불렀다.

"이, 이상한 말 하지 마……. 계속 함께 있겠다고…… 계속 함께 있어주겠다고 말했잖아!"

누나는 내 말에 매우 미안한 듯한 표정을 지었지만, 고개를 끄덕여주지는 않았다.

"……이제 이 계획은 성공할 수 없다는 걸 깨닫게 되면 계속할 의미가 없어질 거잖아……. 선배들도, 우리 가족들도 죽일 의미가 없어지잖아?"

누나는 그렇게 말하고 넓은 저녁 하늘을 바라보았다.

누나가 조금 더 발을 내딛으면 그 몸은 지면으로 아무 저항 없이 떨어지겠지.

"그만둬! 누나!"

나는 있는 힘껏 외쳤다. 하지만 누나는 몸을 뒤로 물리지도 않았고 뒤돌아보지도 않았다.

"이거, 죽은 사람을 끌어들이는 거지."

그렇게 말한 누나의 시선 끝에, 순간 뭔가 검은 아지랑이 같은 것이 일렁였다.

나는 일찍이 그것을 본 적이 있다. 이 세상에서 가장 「슬픈」 존재다.

미칠 것만 같았다.

다음 순간이 영원히 찾아오지 않았으면 좋겠다고 마음속으로 빌었다. 나는 정말 싫어하는 이 세상에게 「이제 멈춰줘.」라고 필사적으로 하소연했다.

누구라도 좋으니까 도와줘. 누나를, 우리를, 도와줘.

"미안, 슈야. 역시 누나는 꼴사납네. 조금…… 무서워."

누나는 마지막으로 그렇게 말하며 눈물을 흘렸다.

뛰어가도 이미 늦었다.

힘없이 공중에 몸을 내맡긴 누나의 몸이 내 시야에서 모습을 감추는 것과 동시에, 머릿속의 뭔가가 「찌익」 하는 소리를 내며 찢어졌다.

"……하아, 설마 이렇게 되리라고는—. 정말, 이 녀석들에게는 질려서 말도 안 나오는군."

"……죽여버리겠어."

"어이 어이, 너도 알고 있지 않나? 네 아버지를 살리고 있는 것도 나라는 것을. 그렇다면 죽이고 말고 할 것도 없지 않은가. ……그렇다고는 하지만 저 녀석 덕분에 계획은 실패로 돌아갔군. 이쪽에 모든 뱀을 모을 수 없게 된 이상, 이 녀석의 아내를 데려오는 것은 불가능하니 도대체 어찌하면 좋을지……."

"그렇다면 이제 아무것도 하지 마. 아버지만이라도…… 돌려줘……!"

"바보인가. 실패했다면 다시 시작하면 되지. 처음부터. ……그렇군. 너, 저 녀석의『시체 **흉내**』라도 내라. 그런 게 특기잖나? 그러다 적당히 발견되면, 내 입김이 닿는 녀석들이 자살했다는 걸로 만들어줄 테니까. 실종으로 처리되면 여러 가지로 귀찮아지니까 말이지—."

"……무슨 소릴 하는 거야, 너는……!"

"착각하지 마라. 너와 너의 가족을 살려주고 있는 것은 바로 나다. 자신의 가족이 끔찍하게 살해당하는 모습을 보고 싶나? 보고 싶지 않겠지—."

"으…… 아……."

"너의 능력은 그럭저럭 쓸 만하니까 말이지. 말한 대로만 하면 나쁘게는 하지 않으마. ……알겠나? 네가 뭘 하려고 하든, 운명은 바뀌지 않아. 가족 모두가 요절당하는 걸 보고 싶지 않으면, 조심해야 될 게다."

"제길…… 제길……!"

"너희들은 내 손바닥 위에서 살고 있는 거지. 잊지 마라. 빌어먹을 꼬마."

오늘이라고 하는 날의 길 위에서

그 아이는 자신의 몸으로 돌아갔을까.

돌아갔다면 이제 의미 같은 건 없다고 생각하지만, 그래도 마지막으로 푸념을 늘어놓을 수 있어서 잘 됐다.

여하튼 그때 옥상에서 상대의 이야기를 잔뜩 들어줬던 것이다. 마지막 정도는 내 푸념을 들어줘도 괜찮잖아.

그러고 보니 내 이야기를 다른 사람에게 한 게 얼마 만일까.

이거 어쩌면 처음이었을지도 모른다.

분명 이렇게나 자신의 신세타령을 주절주절 늘어놓을 수 있었던 것은, 상대가 그런 성격의 비뚤어진 아이였기 때문이겠지.

왠지 나와 그 아이는 이상한 부분에서 굉장히 닮은 것 같다. 뭐 이제 와서 그런 건 아무래도 좋지만.

띄엄띄엄 설치된 가로등이 내가 걷고 있는 밤길을 비추고 있었다. 그 희미한 빛을 보면 묘하게 안심이 되었다.

한 발 내딛을 때마다 울려 퍼지는 구두 소리가 듣기 좋았다. 어느샌가 나는 이런 밤을 좋아하게 되었다.

칠흑빛이 무너질 것만 같은 내 표정을 감춰준다.

말하지 않아도 좋을 듯한 더러운 말을 밤바람이 얼버무려 준다.

추악하게 일그러진 이런 마음을 어둠이 용서해준다.

……나는 어느샌가 변해버린 것일까.

그런 것조차도 알 수 없는 자신이 정말 기가 막힌다.

통증으로도 자신을 찾아낼 수 없게 된 나는, 이제 「자신」을 확인할 수도 없게 되었다.

하지만 이런 생각을 할 필요도 이제 없어지겠지.

조금만 더 있으면 모든 것이 끝난다.

무력한 우리는 이런 어둠과 비교할 수 없을 정도의 암흑에 눌려 찌부러질 테니까.

……그래도 어제 본 아이들에게는 나쁜 짓을 했다.

하다못해 그 아이들만이라도 도망치게 해주고 싶었지만, 어떻게 할 수가 없었다.

그 녀석은 「여왕」의 곁으로 모이는 것이 「뱀」의 본능이라고 말했지만, 소년도 예외가 아니었던 모양이다.

정말로 아무것도 바꿀 수 없었다.

뭔가를 바꾸려고 발버둥 쳐도 모든 것이 우습게도 그 녀석이 말한 대로 되어버렸다.

이 세상이 만들어진 이유조차 정말로 그 녀석이 말한 대로라면, 우리가 어떻게 할 수 있을 리가 없다.

결국 행복이란 무엇이었을까.

이제 와서는 그런 건 처음부터 없었던 것처럼 생각된다.

그래, 그 집에서 지냈던 나날조차도 이제 와서 보면 허구의 산물처럼 생각되는 것이다.

갑자기 나 이외의 다른 발소리가 울려서, 나는 발을 멈췄다.

소리가 나는 쪽을 보니, 그곳에는 익숙한 세토의 모습이 있었다.

“아~! 겨우 찾았다!”

세토는 그렇게 말하고 손을 크게 흔들면서 달려왔다.

“정말~ 아르바이트가 끝난 뒤 계속 찾았습다. 어디 갈 거면 한마디 해주면 좋을 텐데, 너무함다!”

“어, 어째서 그런 짓을 하는 거야. 잠시 외출하는 정도는 상관없잖아.”

내가 그렇게 말하자 세토는 화를 냈다.

“무슨! 어젯밤도 다들 걱정했습다! 돌아오지 않을 거라면 연락 정도는 해야 함다.”

나는 세토의 그 지루한 말주변에 화가 나기 시작했다.

아무것도 모르는 주제에 뭘 그렇게 잘난 듯이 말하는 건지.

“알았어, 꽥꽥 시끄럽네.”

내가 내뱉듯이 그렇게 말하자, 세토는 “그 말투는 뭡니까~! 저도 걱정했습다!” 하고 무사태평하게 투덜거렸다.

……그 말이 어떤 의미인지는 나도 알고 있었다.

걱정해주고 있다는 것도 물론 눈치채고 있었다.

단지, 정말로 갑자기, 나도 알 수 없게 되버린 『자신』의 마음이 격렬한 통증과 함께 폭발해버린 것이다. 이제 나는 그곳에서 흘러넘치는 거무칙칙한 감정을 어떻게 할 수가 없었다.

"시끄러워—! 조용히 해! 너!"

내 고함 소리가 밤거리에 울려 퍼졌다.

"아무것도 모르는 주제에 멋대로 말하지 마! 무사태평하게 실실 웃기나 하고! 나에 대해서도 겉으로만 걱정하고……."

감정이 차례차례 입에서 흘러넘쳤다. 이제 나 자신도 무슨 말을 하고 있는지 알 수 없었다.

"왜, 왜 그러심까, 갑자기……."

"그…… 그 말투 그만둬! 뭐야…… 왜……."

나는 바닥에 무릎을 꿇었다. 두 눈에서 눈물이 뚝뚝 넘쳐 떨어졌다.

"왜 변해버리는 거야……. 세토도, 키도도……. 왜 모두 나에 대해 눈치채지 못하는 거야……! 누나도 혼자 죽어버리고…… 너무하잖아……."

내 모든 것이 엉망으로 무너져가는 것 같았다.

"이제 싫어…… 이런 세상은 이제……."

"카노……."

쭈그리고 앉은 세토가 내 어깨를 끌어당겨 안았다.

"괜찮슴다, 괜찮으니까……."

"뭐가…… 뭐가 괜찮다는 거야, 제길……."

괜찮은 건 아무것도 없다.

차라리 이런 지독한 세상 따위 망해버리면 좋을 텐데. 그러면…….

"눈치채지 못해서 미안함다. 이렇게 가까이 있었는데……."

나는 이제 세토의 말에 의지할 수밖에 없었다.

"……할 수가 없었어. 무서워서 모두에게 말할 수가 없었어……. 그래서……."

무너질 것 같은 내 등을 세토가 툭툭 두드렸다.

"알고 있슴다. 혼자 짊어지게 해서 미안함다. ……앞으로는 같이 짊어져요."

"……형제니까."

그리운 감각이었다.

복지 시설에서 지내던 시절의 『107호실』에서 둘이 비밀 이야기를 했던 밤이 떠올랐다.

아주 옛날의 작은 내가 「잘 됐잖아.」라고 말하며 웃고 있는 듯한 기분이 들었다.

*

나와 세토는 아지트로 돌아가는 길을 걷고 있었다.

다들 뭘 하고 있을까.

이런 이야기를 여태까지 하지 않았던 나는 모두에게 미움 받을까.

"그럴 일은 없습다. 괜찮아요."

세토의 말에 나는 움찔했다.

"아, 아직 능력을 사용하고 있었어……? 뭔가 읽히는 게 오랜만이라 부끄러운데."

"네에?! 조금 전에 들어달라고 말하지 않았습까!"

"끄아아! 조금 전 이야기는 이제 됐으니까! ……그보다 그 이야기 정말 다른 애들 앞에서 하지 마."

"하하하! 안 합다! 남자끼리의 비밀이라는 걸로!"

세토는 그렇게 말하며 씩 웃었다.

하지만 나는 고개를 숙였다. 또 몹시 부끄러운 짓을 해버렸다.

"아~ 어울리지 않는 짓을 해버렸어. 아~."

"가끔은 괜찮지 않습까! 가끔은!"

쾌활한 세토의 태도는 평소와 조금도 다르지 않았다. 정말로 얼마나 중대한 일인지 이해하고 있는 걸까.

하지만 이해하고 있다고 해도 세토는 이렇게 나오겠지.

그렇게 훌쩍훌쩍 울던 한심한 녀석이었는데, 완전히 의지할 수 있는 남자가 됐다.

그런 대화를 주고받으면서 돌아가다가 자판기 앞에서 사람의 모습을 발견했다.

"윽…… 또 성가신 사람이……."

그 사람은 우리를 눈치챘는지 종종거리며 다가왔다.

어디서 훔쳐 왔는지 환자복 같은 옷을 입고 길고 검은 머리를 양 갈래로 묶었다.

"……어? 저 사람은 누구임까."

"……에네."

내 말에 세토는 잠시 사고가 멈춘 듯했다.

무리도 아니다. 여하튼 2차원과 3차원의 차이다. 그렇게 척척 납득할 수 있는 녀석은 좀처럼 없겠지.

"네에―?! 에네는 좀 더 이렇게…… 작고 아담했던 듯한……."

"누가 작고 아담하다고? 누가."

눈매 사나운 소녀가 가까이 다가와 그렇게 말하며 세토를 노려보았다.

세토는 견디지 못하고 "히익?! 아, 아니~."라고 말하며 시선을 이리저리 옮겼다.

"……타카네 씨라고 부르는 편이 좋아?"

내가 물어보자, 타카네 씨는 벌레라도 씹은 듯한 표정을 지었다.

"으…… 번거로우니까 아무래도 좋아."

"음~ 타카네 씨는 누나가 부르던 호칭이니까……. 그럼, 나답게 타카네로—."

그렇게 말하자 타카네는 "내가 연상인데……." 하고 불만스러운 듯한 목소리로 말했지만 허락해주었다.

"……그보다 뭐야. 너 꽤 씩씩해졌잖아. 조금 전까지 죽을 것 같은 얼굴이었는데."

"아, 아니~ 뭐 여러 가지가 있어서. 그리고 가능하면 조금 전의 이야기는 다른 애들에게 말하지 않았으면……."

내가 거기까지 말하자, 타카네는 히죽 미소 지었다. 정말로 성격이 비뚤어졌다. 나와 똑 닮았다.

"헤에~ 누나로 변장하고 학교에 다니던 일이 그렇게 부끄러운 거야? 그렇구나, 그렇구나~."

타카네는 심술궂게 말했다.

안 되겠다. 역시 이 녀석에게 이야기한 것은 실수였다. 물 만난 물고기처럼 굴고 있어.

"그러고 보니 타카네도 잘도 돌아올 생각을 했네. 그렇게나 장난을 치면서 『에네』로 지내놓고……."

내가 그렇게 말한 순간, 타카네는 바닥에 웅크리고 앉아 머리를 싸맸다.

"죽고 싶어 죽고 싶어 죽고 싶어 죽고 싶어—."

아무래도 클린 히트였던 모양이다.

"아아~ 진짜 어쩌지. 분위기 완전 썰렁하겠지, 분명 썰렁할 거야……."

뭐, 무리도 아니지.

그렇게나 눈엣가시처럼 여기던 녀석 앞에서 지금까지 「주인님, 주인님.」 하며 난동을 부렸으니까…….

……그렇다, 신타로에게는 나도 사과해야만 한다.

흥분했다고는 하지만 돌이킬 수 없는 너무나 지독한 일을 저질러버렸다.

용서해줄 거라고는 생각할 수 없지만, 하다못해 모든 이야기를 있는 그대로 전하지 않으면…….

"뭐야? 그 녀석이 신경 쓰여?"

그것을 눈치챘는지 머리를 싸매고 있던 타카네가 그렇게 말하며 나를 올려보았다.

"……그야, 그렇지. 역시 미안한 일을 해버렸고."

"음~. 그 녀석 바보도 아니고, 제대로 사정을 이야기하면 그렇게 질질 끌지 않을 거라고 생각해. 나도 이것저것 그 녀석에게 이야기해야만 하는 게 많고 말이지. 같이 이야기하자."

"……그러네. 그렇게 하자."

타카네는 신타로에 대해 잘 이해하고 있는 모양이다.

역시 오랜 시간을 함께 보낸 사람은 다르다.

"아, 역시 안 되겠다……. 그 녀석을 떠올린 것만으로도 토할 것 같아……."

타카네는 갑자기 그렇게 말하더니 다시 머리를 싸맸다.

"뭐?! 전혀 도움 안 되잖아! 그보다 2년 동안이나 아무것도 먹지 않았는데 뭘 토한다는 거야?!"

"아니, 조금 전에 라멘 먹고 왔어."

"돈은?!"

"아~! 시끄럽네—! 오랜만에 먹고 싶었다니까! 2년이라고! 2년! 차슈 라멘 한 그릇 정도는 먹고 싶어질 만하잖아!"

"아니, 그러니까 그 돈은……."

세토가 그런 우리의 그런 대화 앞에서 조용히 손을 들었다.

그러고 보니 세토를 완전히 방치하고 있었다.

"자, 잠깐 무슨 이야기인지 이해가 가지 않습니다만……."

세토는 눈동자를 빙글빙글 돌리며 그렇게 말했다.

설명해도 좋지만 이 뒤에 아지트에서도 대설명회가 될 테니 나중에 하도록 하자.

하지만 함부로 생각을 읽으려고 하지 않는 부분이 세토답다.

"……뭐, 어느 쪽이든 이 뒤로 힘들어질 테니까, 설명은 다들 모여 있을 때 정리해서 하는 것으로 하고. 일단 슬슬 돌아가지 않을래?"

내가 그렇게 말하자, 타카네와 세토는 맞춘 듯이 "좋아." "좋습다."라고 말했다.

"그보다 타카네, 돌아왔다는 건, 할 생각이 있다는 거지?"

내가 물어보자, 타카네는 흥 하고 콧김을 거칠게 내뿜었다.

"당연하지~! 아야노와도 약속했으니까. 그보다 우선 그 수염 영감을 냅다 갈기면 되는 거잖아? 그보다 때리지 않으면 화가 가라앉지 않을 거야."

눈을 반짝반짝 빛내는 타카네는 상황을 그다지 잘 이해하지 못한 것 같았지만, 상황이 상황이라 믿음직스러울 뿐이었다.

"나도 마리와 잠시 이야기해보겠습다. 이야~ 꽤 힘들 것 같지만, 모두 힘을 합치면 분명 어떻게든 될 검다!"

세토도 그렇게 말하며 내 등을 두들겼다.

"아야야…… 아니~ 정말, 혼자 껴안고 있었던 게 바보 같아."

내 입으로 그렇게 말하고 왠지 모르게 웃어버렸다.

세상의 마지막을 눈앞에 두고서도, 다들 아무것도 변하지 않았다.

「다들 변해버려서 외로워.」라니 착각을 해도 유분수였다.

"헤에~ 너, 그런 식으로 웃는구나."

타카네가 멍한 표정으로 그렇게 말했다.

"어?"

"맞습다~! 카노는 부끄럼쟁이라 좀처럼 웃질 않습다!"

그런 말을 듣고 얼굴이 순식간에 달아올랐다.

"오~? 뭐야, 또 숨기는 거야?"

타카네가 기회를 놓치지 않고 히죽히죽 웃으면서 나를 놀렸다.

"시, 시끄럽네—! 자, 빨리 돌아가자!"

"넵! 이야~ 하지만 배가 고픕다. 밥부터 먹죠! 밥!"

"아니, 그러니까 나는 라멘 먹었다니까……."

……누나.

누나, 보고 있어?

옛날에 비해 꽤 떠들썩해졌지만, 우리 그다지 변하지 않은 것 같아.

오늘도 이제부터 비밀 조직 놀이를 하게 될 것 같아. 웃기지.

……저기, 누나.

누나가 정말 좋아했던 「그 녀석」에게 이제부터 전부 이야기하고 올게.

어쩐지 한심한 녀석이라고 생각하고 솔직히 나는 그 녀석이 몹시 싫지만, 왠지 재미있는 녀석이야.

그 녀석이라면 아버지와 세상으로부터 누나를 빼앗아 올 것 같은 기분이 들어. 정말로 이상한 이야기지만 말이지.

아— 맞다. 누나의 번호…… No.0은 쭉 비워두고 있으니까.

돌아오면 다시 모두 함께 바보처럼 놀자.

그러니까 말이지, 조금만 더…….

……조금만 더 기다려줘, 누나.

■~후기『눈이 확 트이는 이야기』~

진입니다. 아지랑이 데이즈 V —the deceiving— 즐겁게 보셨나요?

이번 권의 주인공은「카노」라는 청년이었습니다.

이제까지 주인공이었던 캐릭터들에 비해 조금 비뚤어진 부분도 많고 쓰는 것도 상당히 힘들었습니다만, 그만큼 매우 사랑스러운 캐릭터가 되었습니다. 앞으로 신타로 일행과도 진정한 의미로 친해졌으면 좋겠습니다.

하지만 카노라는 캐릭터를 아주 많은 분들이 좋아해주시는 것 같아서 정말로 감사합니다.

저번 권의 후기에도 적었습니다만, 제 사촌도 카노를 좋아하는 모양입니다.

이른바「인기 있는」녀석이죠. 이야, 부러울 따름입니다.

그래서 이번 권은 그런 카노를 좋아하는 모든 분들을 위해서 카노가 한 번이나 두 번 정도 토하게 만들어버릴까 생각했습니다만, 구성상 문제로 없던 일이 되었습니다. 정말 운이 좋은 녀석이네요.

덧붙여서 제 어머니는 신타로를 좋아하시는 모양입니다.

참으로 아무래도 상관없는 이야기네요.

그러고 보니 이번 권의 서브타이틀 말입니다만, 「—the deceiving—」이 되기까지 상당한 우여곡절이 있었습니다.

분명 「—the deceiver—」나 「—the night of deceive—」 같은 선택지도 있었습니다.

최종적으로는 「이능력자인 내가 여고생인 누나로 변신해서 학교에 다니게 되었는데—.」와 「—the deceiving—」과의 일대일 승부가 되었습니다만, 전자가 압도적인 지지를 얻지 못했기 때문에 지금처럼 되었습니다. 서브타이틀 정하기 어렵네요.

이러저러해서 소설도 드디어 5권입니다. 이야기도 서서히 막바지로 접어들고 있습니다.

그렇지만 이야기가 막바지로 접어들면 접어들수록, 역시 쓸쓸한 기분이 드네요.

저는 이 시리즈가 첫 소설 작품이기 때문에, 아직 「작품의 마지막」이라는 것을 경험한 적이 없습니다.

하지만 이야기의 결말은 이미 정해놓았기 때문에, 이 소설도 길게 이어지는 작품은 되지 않을 거라 생각합니다.

이제 얼마 남지 않았습니다만, 마지막까지 전력으로 집필하겠으니 캐릭터들의 성장을 지켜봐 주시면 행복하겠습니다.

아니 아니, 정말로 많은 성원을 받고 있는 덕분에 이번 권도 이렇게 집필할 수 있었습니다.

저는 집필 중에 자주 인터넷을 봅니다만(땡땡이) 많은 분이 메카쿠시단원들의 일러스트나 소설을 만들어주시는 모습을 보고 있으면 정말 행복해집니다.

그중에는 메카쿠시단의 만화를 그려주시는 분도 계십니다만, 이것도 역시 정말로 재미있습니다.

생각해보면 본편에는 「일상편」이라는 것이 없지요. 단원 열 명이 다 같이 모이는 묘사도 없고요.

그래서 저도 언젠가 단원들의 일상을 표현해보고 싶습니다. 그런 기회가 오지 않으려나요~.

어쨌든 이번 권도 그런 분들께 질 수 없다고 여러 가지로 생각하면서 집필했습니다.

네? 발간 속도가 예전보다 느려지지 않았냐고요? 아니 아니, 땡땡이친 게 아닙니다. 귀신처럼 바빴습니다.

소설 집필과 병행하면서 라이브 공연에 나가거나, 게임 주제가를 제작하거나, 애니메이션 각본을 쓰거나, 애니메이션 주제가를 제작하면서…….

…….

애니메이션이 제작됩니다!(늦어)

그렇습니다, 그렇게 되었습니다.

본 소설 「아지랑이 데이즈」에 등장하는 캐릭터들이 새로운 이야기로 활약하는 애니메이션 「메카쿠시티 액터즈」를 전국으로 방송하게 되었습니다!(설명하듯)

이야, 정말 기쁩니다. 창작 활동을 열심히 하면 꿈은 이루어진다는 걸 새삼 실감했습니다.

이것도 전적으로 여러분의 응원 덕분입니다. 아니, 정말로요.

다음 6권도 그리 멀지 않은 시기에 발표할 수 있을 거라 생각합니다. 부디 앞으로도 응원해주신다면 기쁘겠습니다.

그럼 또 다음 권 후기에서 뵙겠습니다!

진(자연의적P)

■역자 후기

『아지랑이 데이즈』 5권입니다. 읽어주셔서 감사합니다.

여기에는 본문 내용이 일부 포함되어있습니다. 혹시 내용을 미리 알고 싶지 않으신 분은 본문부터 읽고 봐주시면 감사하겠습니다.

왠지 이번에는 메카쿠시단 멤버들의 어린 시절 이야기를 보면서 좋아하는 아이들이 성장하는 과정을 지켜보는 것 같아 두근두근 설렜습니다. 제가 딱히 뭘 한 건 없지만 그냥 지금 메카쿠시단 멤버들을 보기만 해도 「아, 다들 잘 자라주었구나.」 싶은 마음에 가슴이 찡했다고 할까요.

특히 이번 권을 보고 나서 가장 먼저 떠오른 것은 「키도, 귀여워!」였습니다. 언뜻 무뚝뚝해 보이지만 그 내면에 숨겨진 귀여움이 어디에서 왔는지 알 수 있어서 기뻤어요. 그와 함께 세토와 카노의 어린 시절도 볼 수 있어서 좋았고요. 무엇보다 세토의 분량이 많이 늘어나서 정말…….(눈물)

카노는 왠지 이유는 알 수 없었지만, 저에게 초반부터 아픈 손가락 같은 느낌이었어요. 카노는 웃고 있는데 보고 있는 제가 불안한 느낌이 드는 캐릭터였죠. 그 부분이 항상 마음에 걸렸는데 이번에 이야기가 풀렸네요. 카노가 멘붕에 빠졌을 때는 저도 작업하면서 멘붕 상태였습니다만, 다 무사히 잘 해결될 것 같아서 다행입니다. 세토가 카노의 진심을 들어줬을 때는 제가 다 기뻤어요. 카노의 곁에는 이렇게 좋은 동료와 친구들이 있으니 앞으로도 걱정 없겠죠.

이번 권에서는 아야노의 이야기도 많이 나왔죠! 저는 「투명 앤서」 때부터 아야노의 팬이었기 때문에 무척 기뻤습니다. 개인적으로 「아야노의 행복 이론」도 좋아하지만 왠지 「로스트 타임 메모리」에 나왔던 아야노의 모습이 인상에 강하게 남아 있었거든요. 「로스트 타임 메모리」를 볼 때마다 마음이 아팠는데 카노가 앞으로 나아가면서 아야노의 일도 잘 풀릴 것 같은 느낌이 드네요. 마지막 카노의 내레이션은 읽으면서 가슴이 찡했습니다. 흑, 카노 잘 자라줘서 고마워.

이제 정말 『아지랑이 데이즈』의 이야기도 막바지로 접어들고 있다는 느낌이 드네요. 앞으로 메카쿠시단은 어떻게 나아갈 것인지 저도 무척 기대가 됩니다. 부디 끝까지 함께 지켜봐주시면 감사하겠습니다. 그럼 6권에서 다시 뵙겠습니다.

역자 이수지 올림

•

점

시즈
しづ

소설5권!! 발매 축하드립니다!!!
메카쿠시티 액터즈 애니메이션이 드디어 시작되네요!!
카노가 더욱 더 기분 나쁜 느낌이었습니다!! 무척 마음에 들어요!!!
정말 많은 사람에게 사랑받는 작품이라는 걸
최근 여러모로 실감하고 있습니다. 앞으로도 무척 기대됩니다!!!
만화는 진씨의 새로운 스토리로 진행되고 있습니다! 진씨
정말 수고가 많으십니다…!! 이 새로운 스토리가 또
굉장히 재미있어요! 부디 소설, 애니메이션, 만화의
각기 다른 부분을 즐겨주세요!
카노
佐藤まひろ
사토 마히로

5권 발매
축하합니다!
아지랑이
진&시즈 씨
항상 수고가 많으십니다!
매번 이곳에 축하 메시지를 쓸 때마다
「아~ 나도 따라잡고 싶다.」라고
생각합니다…만! 올해는 추월할
생각으로 쫓아갈 거예요!
두 사람 다 자꾸 햄버거
같은 것만 먹지 말고 식생활에도
신경 쓰세요~!!
류세였습니다!
어찌어찌
일러스트레이터 일을 하고
있습니다.
twitter
↳@ryuuseee

5권 발매
축하드립니다!
카노입니다
마감에 쫓기는
진 씨를 볼 때는
「과로로 죽는 게 아닐까…」 하고
마음을 졸이면서 지켜봤습니다만
무사히 발매돼서 다행입니다!
앞으로도
진 씨의 활약을
기대하면서
저도 열심히 하겠습니다!
이시후로

표지 일러스트 러프

※가로로 긴 그림을
좌우로 나누었습니다.
이쪽은 왼쪽 부분

※오른쪽 부분

권두 일러스트 러프

본문 일러스트 ① 러프

본문 일러스트 ② 러프

본문 일러스트 ③ 러프

본문 일러스트 ④ 러프

본문 일러스트 ⑤ 러프

본문 일러스트 ⑥ 러프

※구도 때문에 옆으로 게재했습니다.

본문 일러스트 ⑦ 러프

※구도 때문에 옆으로 게재했습니다.

본문 일러스트 ⑧ 러프

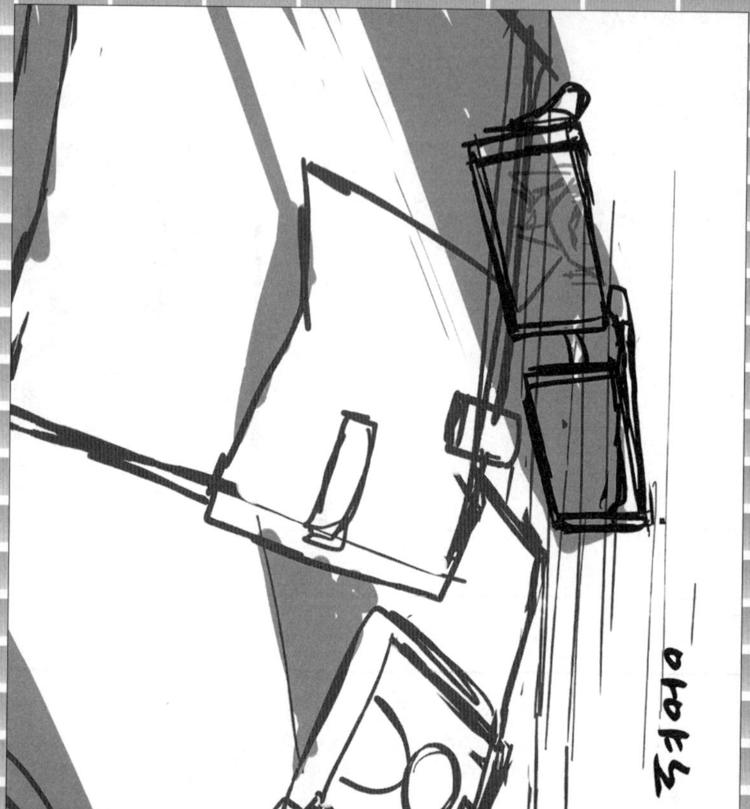

※구도 때문에 옆으로 게재했습니다.

본문 일러스트 ⑨ 러프

※구도 때문에 옆으로 게재했습니다.

본문 일러스트 ⑩ 러프

아지랑이 데이즈 5
-the deceiving-

1판 1쇄 발행 2014년 9월 10일
1판 4쇄 발행 2017년 2월 13일

지은이_ Jin
일러스트_ Shidu
옮긴이_ 이수지

발행인_ 신현호
편집부장_ 김은주
편집진행_ 최은진 · 김기준 · 김승신 · 원현선
편집디자인_ 양우연
국제업무_ 정아라
관리 · 영업_ 김민원 · 조인희

펴낸곳_ (주)디앤씨미디어
등록_ 2002년 4월 25일 제20-260호
주소_ 서울시 구로구 디지털로 26길 111 JnK 디지털타워 503호
전화_ 02-333-2513(대표)
팩시밀리_ 02-333-2514
이메일_ lnovelpiya@naver.com
L노벨 공식 카페_ http://cafe.naver.com/lnovel11

원제 Kagerou Daze -the deceiving-

First published in Japan in 2014 by KADOKAWA CORPORATION ENTERBRAIN
Korean translation rights arranged with KADOKAWA CORPORATION ENTERBRAIN

ISBN 978-89-267-9775-4 04830
ISBN 978-89-267-9484-5 (세트)

값 6,800원

시원찮은 그녀를 위한 육성방법 1권

마루토 후미아키 지음 | 미사키 쿠레히토 일러스트 | 이승원 옮김

이것은 나, 아키 토모야가 그다지 눈에 띄지 않는 한 소녀를
히로인에 걸맞은 캐릭터로 프로듀스하면서,
그녀를 모델로 한 미소녀 게임을 제작하는 과정을 그린 감동적인 이야—
"아앙? 할 줄 아는 건 하나도 없으면서 게임을 만들겠다고?
세상 물정을 몰라도 너무 모르는 거 아냐?"
"나에게는 이 끓어오르는 정열이 있어! ……아, 구기지 마!
꼬박 하룻밤 걸려서 쓴 기획서란 말이다!"
"표지밖에 없는 기획서를 쓰는 데 왜 그렇게 시간이 걸린 거야?"
"열한 시간이나 잤더니 남는 시간이 얼마 안 되더라고."
"태클 걸 데가 너무 많아서 어디서부터 걸어야 할지 모르겠잖아……. 에잇, 에잇!"

……아무튼, 메인 히로인 육성 코미디, 시작하겠습니다!

인기의 화제작 《화이트 앨범 2》 시나리오 라이터
마루토 후미아키의 라이트노벨 데뷔작!

애니메이션 제작 결정 화제작!!

라이트노벨의 새로운 빛! L노벨의 신간은 매월 10일에 발매됩니다. www.lnovel.co.kr

NOVEL

L NOVEL
15세 미만 구독 불가
우리집 더부살이가 세계를 장악하고 있다! 2
나나죠 츠요시 지음
노조미 츠바메 일러스트
김진환 옮김
NOVEL